私立幼なじみ学園《しりつおさななじみがくえん》

いちゃらぶ学科で恋愛チャレンジ！

SHIRITSU OSANANAJIMI GAKUEN

番棚 葵
AOI BANDANA PRESENTS

ILLUSTRATION
竹花ノート

伊集院鷹華
［いじゅういん　ようか］
幼なじみ
との朝

若林カナ
〔わかばやし かな〕
御影あゆな
〔みかげ あゆな〕

「優真、どうせなら手をつないで行こうよ。その方がデートっぽいし」

そう言ってカナは、互いの指を絡めるようにして握ってきた。

「え、こ、これ……何だ、すげー恥ずかしいな」

「あはは、そうだね……恥ずかしいね」

俺たちは苦笑を浮かべ合ってから、ふと目線を合わせた。

デートしていちゃいちゃ実習!?
「ゆ、優真ってば、あんなに仲よさそうに手を握ってぇ」
「なー、魔華ー。もう疲れたー」

お風呂でデート作戦会議！
「――はぁ、本当に、どうしたらいいのかなぁ」
「心配しなくてもいいよ、鷹華ちゃん。わたしたちも、頑張ってアイデア出すから」

「とびきりのデートプランで、
優真を驚かしてやろうなー」

CONTENTS

私立幼なじみ学園
いちゃらぶ学科で恋愛チャレンジ!

番棚葵

MF文庫J

口絵・本文イラスト●竹花ノート

序章

俺には三人の『幼なじみ』の女の子がいる。

出会った時期はバラバラだが、それぞれ慣れ親しんだ間柄で、とても仲良くしてきた。

こう聞くと、「何だ惚気《のろけ》か」とか「女の子と仲が良くて羨ましいことですな」とか言う奴《やつ》もいるだろうが、ちょっと待ってほしい。

本当に俺はその娘《こ》たちと友人として接してきたし、そういう形で大切にしようと思ってきたのだ。そこに異性も同性もない――はずだったんだ。

しかし、人生と同じで、人との付き合いは何をきっかけに変わるものかわからない。

俺がどのような心構えでいようと、その『きっかけ』は訪れるべくして訪れた。

ある高校の、妙な学科のせいで――。

○

「うーん」

四月二二日。朝の光がカーテン越しに部屋の中に差し込んでくる。

窓辺のベッドで俺は、夢の中から現実へと目覚めようとしていた。

——後、五分。そんなことを考えた時、突然、耳元で声が聞こえる。

「優真《ゆうま》、おはよう。朝だよ〜。起きて〜」

よく聞き知った声だ。俺はあくびをかみ殺しつつ、目を開きながら言った。

「何だ、カナか、もう少し寝かせて……え？　う、うわぁああ⁉」

寝返りを打って、声の主と目が合った瞬間——俺はベッドから跳ね起きそうになった。

声を聞いて思い描いていた少女の顔は、何と同じ布団の中にあったのだ！

息がかかるほど、距離が近い。優しく大きな瞳《ひとみ》が、じいっとこちらを見ている。髪から流れる甘ったるい匂《にお》いが、寝起きの俺の心臓を激しく刺激した。

「か、カナ⁉　お、おおお、お前、こんなところで何してるんだよ⁉」

「何って、起こそうと思ったんだよ、優真のこと」

「だ、だからって、布団の中に潜り込むことないだろ……その、恥ずかしくないのかよ？」

確かに俺とカナはそれなりに長い付き合いで、異性ながらも親友とも呼べる間柄だ。だから、その付き合いの中で、何回か朝に起こされることもあった。

だが、さすがに同じ布団の中なんていうのは初めてだぞ。何と言うか、妙に生々しく、男女を意識してしまう……それともこんな気持ちになってるのは俺だけだろうか？

と、カナは一つうなずき——急に布団で顔を隠して言った。

「滅茶苦茶《めちゃくちゃ》恥ずかしいよ……」

「恥ずかしいのかよ！　というか、よく見たら耳まで真っ赤になってるじゃないか！　そこまで恥ずかしいなら、こんなことやらなきゃいいのに、何だって……」

「だって、『教本』にこうしろって書いてあったんだもん。恋人同士なら、まず起きる時は一緒の布団からだって」

「……ああ」

俺は教本と聞いて、やっとカナが何でこんなことをしているのか理解できた。

どうやらこれは、とある『実習』のためらしい。

具体的にはそれは、「恋人のようなシチュエーションを学ぶための『実習』」で――真面目なカナは『教本』を忠実に実践《じっせん》しているのだろう。

俺は納得して落ち着きを取り戻し、カナに苦笑してみせる。

「お前も生真面目だな、別にそこまで実践しなくてもいいのに……まぁ、いいか。せっかく起こしてくれたんだし、ベッドから出ようぜ」

「それもそうだね」

カナもうなずくと、布団から這《は》い出《で》てベッドから降り立った。

俺はまたも驚いた。何とカナはピンクのパジャマ姿だったのだ。比較的薄手なために大きい胸がラインを崩さずに主張していて、ダメだと思っても目が吸い込まれてしまう。

「お前……その格好で布団に潜り込んできたのか？」

「うん、『教本』でそうなってたからね――ちなみに、優真《ゆうま》の部屋で着替えたんだよ」

「へ、へぇ」

そんなことまで説明しなくていいのに！　俺はカナの着替えている姿を想像しそうになり、慌てて首を振った。そのまま、何となくカナのパジャマ姿をちらりと見る。

そういえば、女性ってパジャマの下にブラをつけないと聞くけど、カナもそうなんだろうか……？

「……ちょっと優真。何か、エッチなこと考えてない？」

「か、考えていません」

「どうかなぁ。優真もそろそろお年頃だもんねぇ」

「お年頃って……俺たち同い歳《どし》だろ。何姉貴風吹かせてるんだよ」

だが、俺の言葉にカナは楽しそうに笑うと、「わたしの方が一ヶ月お姉さんだからね」と答えた。誕生日が一ヶ月早いだけだが、お姉さんぶりたいらしい。

「とりあえず、優真。朝ご飯ももうすぐ出来るから、着替えて下に降りてきなよ。寝癖もついてるからちゃんととかしてね。それから、今日は学生証を忘れないように……」

「わかった、わかったから、先に出てくれよ。今から着替えるんだから」

「え、あ、うん。それじゃ着替えのお手伝いするね」

「いやいや、それくらい自分一人でできるから！　いいから出て行ってくれ！」

そう言ってカナの背中を押し、部屋の外へと出した。「ああん」と不満そうな声が聞こえる。俺の世話を焼けないのが不服なんだろう。基本、他人の世話を焼くのが好きなのだ。でも、着替えを手伝われるのとか恥ずかしすぎるしなぁ。俺は心を鬼にして扉を閉めた。

それからすぐに、着ているパジャマを脱いでベッドに放り出し、インナーシャツを着た。クローゼットにかけてある制服に手をかけて、学校指定のズボンを穿《は》く。それからシャツとネクタイを取り出し——ふとここで、誰かが部屋に入ってきたことに気づいた。

カナとは別の女の子だった。清楚《せいそ》なデザインのブレザー服を身につけているが、髪は無造作にボサボサで、顔もどこか子供っぽい。

「優真ー、おはようー」

「何だ、あゆな。お前にしては早いな」

「一応、レポートのためだからなー。『教本』に書いてある通りにしに来たぞー」

間延びした声を上げながら、あゆなは俺に近づいてきた。俺は再び納得する。

こいつも、カナと同じく『実習』のために来たようだ。

「なるほどな。それで、何をするつもりなんだ？」

「服の着替えを手伝うー。ボタンはめてやったり、ネクタイ締《し》めてやったり、恋人っぽく」

「お前もかよ！」

今、それを断るために力ナを追い出したばかりなんだけどな——俺は胸中でぼやいた。

（まぁ、いいか。後はシャツとネクタイと上着だけだから、そんなに恥ずかしくないし……ささっとやってもらおう）

俺はシャツをあゆなに渡し「じゃあ、頼んだ」とお願いした。あゆなも受け取って「任せたまえー」と俺の着替えを手伝い始める。

俺が腕を水平に上げると、あゆなは後ろから体に密着するようにして腕に袖《そで》を通した。目は細められ、なかなか真剣な顔つきだ。夢中すぎて胸の膨《ふく》らみが体に押しつけられてるのが気になるが、それを指摘するのも気恥ずかしいので黙っていた。

と、体の前に回ってボタンをはめようとするあゆなに、少し気になったことを尋《たず》ねる。

「だけど、お前、最後まで着替えさせられるのか？　何かいつも『疲れたー』とか言って寝っ転がってるのに。ちゃんとこの作業を続ける気力はあるんだろうな？」

「おいおい、優真《ゆうま》ー。私の底力を侮《あなど》ってもらっては困るぞー。ほれ、このようにシャツを着せてからボタンをはめることも疲れた……」

「やっぱり途中から力尽きてるじゃないか！」

ぐったり、と俺のシャツをにぎったまま床に突っ伏そうとする娘を俺は慌てて掴《つか》んで起こした。こいつは基本ぐうたらなので、体力があまりないのである。体力というか、気力というか、とにかく根性に乏《とぼ》しく、途中で何でも投げ出したくなるのだ。

「ダメだー、こんな重労働は私には無理だー。というか朝は眠いー」

「……昼も夜も眠そうにしているだろう、お前の場合」

「うむ。起きているのって、それだけでエネルギーいるからなー」

むにゃむにゃと、目を閉じながらつぶやくあゆなを、俺は「しっかりしろよ」と揺《ゆ》さぶった。これじゃ、どっちが世話してるのかわかったものじゃない。

だが、彼女は起きる気力はないらしく、床にずべーと寝そべった。挙げ句の果てに俺に「着替えたら下までおんぶしてくれー」と頼んでくる。

「起き上がって歩くのが、面倒くさいんだー」

「ええい、この怠惰《たいだ》娘め。さっきの張り切り表情はどこいった？」

「期間限定サービスは終了となりました……」

限定されすぎだろ、そのサービス。

だが、こうなっては仕方ない。俺はさくっと着替えを済ませると、あゆなを起こしてその前に屈《かが》んだ。すぐに「わーい」という声とともに、あゆなの体温が背中に伝わってきた。

と、腕が首に回される。柔らかさと温かさがさらに伝わってきて、俺は一瞬硬直した。

「どうだー？　ちょっとは恋人っぽいだろー。ドキドキしたかー？」

「あ、ああ……うーん、そうだな。小さい時と、大して変わらないかな。よく、こうやっておぶってやったじゃないか」

本当はちょっと気分が良かったのだが、俺はあえて何でもない表情をしてみせた。男の沽券《こけん》に関わる。

だが、あゆなは気分を害したふうもなく「えへへ」と笑ってみせる。

「そうだな、昔はよくおぶってもらってたよなー。優真《ゆうま》の背中気持ちいいんだー」

そう言って俺の首筋に顔をうずめるあゆな。こういうところは恋人とか関係なく可愛《かわい》いんだけどな——俺は心中でぼやきながら、足に力を込めた。


あゆなを背負って一階に降りると、何やら声がした。

「だから鷹華《ようか》ちゃん、ここで水を少し入れるんだよ。そうしたら蓋《ふた》をしてね」

「水で、蓋ね……ようし、ええい！」

次の瞬間、轟音《ごうおん》が響き、火災報知器やらスプリンクラーやらが発動した。

俺は慌ててその場にあゆなを下ろし、キッチンに駆け込む。

「おい、何やってるんだ！」

「あ、優真」

俺を振り返ったのは、一人は先ほどのカナ、そしてもう一人はフライパンを持った少女だった。人形のように美しい顔だちだが、今そこには困惑と気まずさが彩られている。

すらりとした体にかかっている、小さいクマのアップリケがついた可愛らしいエプロンをもじもじといじりながら、その少女――鷹華はつぶやいた。

「いや、ほら、『実習』のために、そ、その、恋人っぽく……とりあえず手料理でも振舞おうと思って。カナに目玉焼きの作り方を教わってたんだけど……爆発して」

目玉焼きで爆発とか、ある意味器用な失敗だが、実はこれが初めてではなかったので俺はそこまで驚きはしなかった。驚くとしたら、違うところにある。

「お前料理は得意じゃないだろ。何でよりによって『実習』でそんな項目選んだんだ！」

「だって、どうせならこの機会に、お料理上手になっておきたいじゃない！　下手なんだから、練習したいの当たり前でしょ？」

「いや、まぁ、その向上心は確かに大事だけど……でも、これが俺の朝食になるのかぁ」

「何よ、そんな心配しなくても、それはあたしが責任もって食べるってば。あんたは別にカナが作った奴《やつ》を……って、何するつもり？」

目を丸くする鷹華の前で、俺はフライパンの上にある炭を取り上げ、口に放り込んだ。

「むぐむぐ……うん。ちょっと苦いけど、でも、食べられなくはないかな」

「ちょ、ちょっと、何で食べたりしてるの。体に悪いわよ！　ぺっ、しなさいよ、ぺっ！」

「いやだって、これは鷹華が俺のために作ってくれたんだろう？　それもかなり一生懸命に。だったら、俺もちゃんと食べないとな」

　この目玉焼きを鷹華が必死になって作ってくれたというのは、いくつもの卵が割られ、捨てられ、盛大にちらかった台所からもわかる。こいつなりに、努力に努力を重ねての結果なんだろう。なら、こっちもちゃんと受け止めてあげないと。

一方、鷹華《ようか》は呆然《ぼうぜん》とこちらを見つめていたが、やがてぷいとそっぽを向いた。

「か、格好《かっこ》つけすぎよ！　あたしは止めたんだから、後でお腹《なか》壊しても知らないからね！」

「へいへい、後で胃薬でも飲んでおくよ」

俺はうなずきながら、炭をすべて食べ終え、ふくれる鷹華の頭を、ぽんぽん、と叩《たた》いた。口では何だかんだ言いながらも、鷹華の目はこちらを心配そうにうかがっている。少しつっけんどんだが、根は優しい娘なのを俺は知っていた。

「まあ、とりあえずごちそうさま。でもこれだけだと足りないし、他の飯も食わせてもらうな――カナ、用意はできてるんだろ？」

「うん、一応作っておいたよ。テーブルに置いてあるから、あゆなちゃんも、座って」

今まで事態を静観《せいかん》してたあゆなが、「やっとかー」とリビングのテーブルに座る。そこにはパンにサラダにコーヒーにウィンナーと、簡単ながらちゃんとした朝食が並んでいた。

俺もそちらの方に行こうとすると、ふと鷹華が俺の服を小さく引っ張った。

「ねえ、優真《ゆうま》……あたし、ちゃんとしたご飯、絶対にいつか作るから。だから……」

俺の方をじっと見る瞳《ひとみ》は、何かを訴《うった》えようと揺《ゆ》れていて――。俺はなぜか、心臓が高鳴るような感覚に囚《とら》われた。そのまま、上擦《うわず》った声を上げる。

「あ、ああ、次はちゃんとしたの頼むぞ。その、楽しみにしてるから」

「……うん。見てなさいよ、絶対に美味《おい》しいの作ってみせるからね！」

俺の言葉に鷹華は表情を明るくしてから「ふふふん」と笑ってみせた。気が強そうで、かつ子供っぽい表情。俺が昔よく見た、無邪気《むじゃき》な笑顔だ。

「さてと、それじゃ改めて朝ご飯食べましょ。お腹ぺこぺこよ」

「誰かさんが料理に失敗しなければ、もうちょっと早かったんだけどなぁ。台所も派手にちらかってるし、片付けどうしよう」

「まあまあ、Don't worry――何とかなるわよ」

「……まったく、散らかした本人が言う台詞《せりふ》じゃないだろ、それ」

何はともあれ、鷹華に元気が戻ってよかった。俺たちは軽口を叩《たた》き合《あ》いながら、朝食の席へと着くのだった。

鷹華、あゆな、カナの三人の少女と俺は、それなりに付き合いのある腐れ縁だ。

そんなこいつらと俺は、友人以上の関係になることはなかったし、なる必要もないと思っていた。

それなのに――。

「それなのになぁ」

「どうしたの、優真《ゆうま》？」

学校へと登校する途中、ぼんやりとつぶやく俺に鷹華《ようか》が尋《たず》ねた。

その右手は俺の左手と繋《つな》がっていて、俺の右腕はカナが絡み取っている。後ろからはあゆなが首筋に抱きつき、ずるずると引っ張られている状況だ。

「何で、俺たちがこんな恥ずかしい格好で歩かないといけないかなって」

「しょうがないじゃない、そういう『実習』なんだから」

鷹華は答えると、ちらっとカナの方に視線をやった。

「恋愛の勉強、しないといけないもんね」

「うむ、だからこうやって登校中も引っ付かないといけないんだ。あー、恥ずかしいなー」

「あゆな、お前は楽して歩きたいだけだろ。後、みじんも恥ずかしいと思ってないだろ」

俺はそんなツッコミを入れつつ、嘆息した。

鷹華やカナの言う通りだ。これらはすべて『実習』——勉強なのである。

もしも、あの『学園』に入ることがなければ、今頃こんなことしなくて済んだのだが
——今更悔やんでも、仕方ないいか。

「このまま三年間か、耐えられるのかな」

そんなことをぼんやりとつぶやきながら、俺は一週間前の放課後——すべての発端となったあの日を思い出していた。

第一章　ドキドキといちゃいちゃと

俺こと武藤《むとう》優真は、『私立幼なじみ学園』という高校に入学した。

——何だか見ただけで「どうなんだこれ」とぼやいてしまいそうな学園名だが、内容も負けず劣らずピーキーで、「幼なじみって素晴らしい」をスローガンに、日本全国から異性の幼なじみを持つ子供をかき集め、生徒として入学させている。

そして、その幼なじみ生徒同士をカップリングさせようとしているのだ。

一応これには理由があって、数十年前から進んでいる少子化問題と若者の草食化が背景にある。一〇年ほど前、年少人口——一四歳以下の子供の数が一〇〇〇万人を大きく下回り、さすがに日本政府も事態を重くみた。

「若者にもっと恋愛をさせて、がんがん結婚させて、子供を産んでもらおう！」

この方針のもと、日本の各高校に生徒同士の恋愛を推奨する計画が取り入れられた。思春期を迎えた男女の草食化を防ぐため、この時期に恋愛を推進しようと考えたわけだ。

『幼なじみ学園』もこの方針を取り入れ、生徒同士の恋愛、すなわちカップリングを勧めているわけだが——この学園では、さらに特殊な制度を取り入れていた。

それは、ダイレクトに生徒に恋愛を体験させるための『学科』を設けるというものだ。

この学科に所属した生徒たちには、様々な恋愛のための特典が与えられるのだ。要するに、カップル同士が気兼ねなくいちゃつくための学科なのである。

草食化が進んでいるとはいえ、思春期の男女にとって、恋愛の体験は興味のそそるものだ。だがこの学科、あまり人気はよくない。ある致命的な『欠点』のせいだ。

それは学科の名称で、その名も——。

○

「え、『いちゃらぶ学科』？」

思わず口にしてから、俺はちょっと恥ずかしくなり、熱くなった頰《ほお》を押さえた。

放課後の教室は、人気《ひとけ》も少なく閑散《かんさん》としている。その中で俺はいつもの面子《メンツ》——鷹華《ようか》、あゆな、カナと他愛《たあい》もない雑談をしていた。全員、クラブ活動とかには参加していないから、時間に関しては特に拘束があるわけでもない。

帰りにどこか寄ろうかと話している時に、ふと鷹華が話題を持ち出してきたのだ。

この『幼なじみ学園』に設けられている、変な名前の学科のことを。『いちゃらぶ』とか、生徒はもちろん、教師の一部も口に出すのをためらうほど、恥ずかしいらしい。

「そう。優真《ゆうま》は『いちゃらぶ学科』、どうするのかなって思って」

割と平然と口にする鷹華を見て、俺は「鷹華は海外帰りだからいまいち抵抗がないのかな」と思いつつ、恐る恐ると尋《たず》ね返した。

「どうするのかって――お前あの学科に入りたいのか？　俺をパートナーにして？」

「うん……え、あ、いや、違うわよ！　ただ、あんたが転科したいなら、パートナーはあたしたちから選ばれるわけでしょ？　だから、その、一応確認を取っただけよ！」

そう言って、鷹華はちょっとムキになったように拳《こぶし》を胸元で握りしめた。長いまつげの目が、若干泳いでいるように見える。何をそんなに動揺《どうよう》しているんだろう。

ふと、それまで俺の制服にブラシをかけていた――いいって言ったのに、無理矢理《むりやり》「お姉さんに任せてよ」とやり始めたのだ――カナが口を挟んでくる。

「そっか、そろそろ第一次転科届の締《し》め切り日だね」

机の上でお菓子を食べつつだるそうにしていたあゆなが、俺の方を見る。

「言っておくけど優真ー、私は面倒くさいことは嫌いだからなー。変な学科に移るくらいなら、学校をサボるぞー」

「……学校をサボるのは反対だが、言いたいことはわかる。安心しろ、俺も移るつもりはねぇよ。恋愛体験とか、興味ないし」

そう、この『いちゃらぶ学科』こそが、『幼なじみ学園』特有の学科、恋愛を体験するための特別コースなのだ。なので、名前の恥ずかしさよりも恋愛体験に対する興味が勝る生徒は、こっそりと転科届を出しているみたいだ。

　俺はそのつもりはない。彼氏彼女とか、ピンとこないしな。普通学科の『恋愛学』――座学で学ぶ、恋愛の概念に関する授業だけでお腹《なか》いっぱいだ。俺がこの学園に入ったのは単純に距離が近いのと、幼なじみがいれば受験なしで入れたからだ。

　ちなみに、この『幼なじみ学園』の規則として、『いちゃらぶ学科』で恋愛を体験できるカップルは幼なじみに限られるというものがある。新しく出会った男女では、恋愛体験のパートナーとして認められないらしい。本当に幼なじみ至上主義な学園なのだ。

　つまり、鷹華《ようか》、あゆな、カナのうち誰かが、俺の『いちゃらぶ学科』でのパートナーになる可能性があるわけで――鷹華が俺に尋《たず》ねてきたのは、その辺の事情もあるからだろう。

　俺は彼女の不安を解消すべく、爽《さわ》やかに微笑《ほほえ》んでみせた。

「まぁ、そういうわけで、俺は『いちゃらぶ学科』になんて所属しない。お前とも絶対に、恋愛体験とかしたりしないとここに誓うぞ。これで、安心して学園生活送れるだろう？」

「うん、そうね…………死ねばいいのに」

「え、何で⁉　死にませんよ⁉」

　どうしていきなり機嫌が悪くなったんだろう。女の子って時々よくわからない。

　と、カナがブラシを鞄《かばん》に収めてからつぶやいた。

「でも、こんな学科があるなんて、この学園、ちょっと不純じゃないかな」

「不純って、恋愛を教えてるのが不純ってことか？」

「うん。その、異性として好きになるのって、もっと後でいいと思うの。それに、男女の関係はすべからく姉弟のようにあるべきだと思うんだよ。女の子が世話を焼くの」

「……前半はともかく、後半はないかな」

カナの言葉に俺が苦笑していると、ふとあゆながぽつりとつぶやいた。

「でも私は、この学園に入って良かったと思ってるぞー。ここで、また優真《ゆうま》に会えたからな。本当に嬉《うれ》しかったー」

「あゆな……」

「高校を楽に卒業するための相棒に、また出会えて嬉しい。小学校のころみたいに、私を甘やかしてくれー。なー？」

「……今一素直に喜べない理由をチョイスするなよ。まぁ、俺もお前とまた会えて嬉しかったけどさ」

俺がぼやいていると、ふと鷹華が袖《そで》をちょいちょい引っ張ってきた。

「あの、あのね、優真、あたしも、その、優真と再会……その……」

「ん？　どうしたんだ？」

「……何でもない」

ぷいっとそっぽを向いてしまった。一体何が言いたかったんだろう。

ともあれ、あゆなと鷹華《ようか》の言葉通り、俺たちはこの学園で再会した。

俺たちは幼なじみではあるが、鷹華もあゆなもカナも出会った時期はバラバラで、友人として慣れ親しんだ期間もそれぞれ違う。

鷹華は幼稚園から、小学校二年生まで。

あゆなは小学校三年生から、小学校六年生まで。

そして、カナが中学の三年間だ。

だから実は、俺が『幼なじみ学園』に一緒に入学したのは、カナのみだった。鷹華は小学校三年生に上がる前に海外に引っ越したし、あゆなとは市の区画整理の影響で校区が変わったため、同じ中学校に入ることはできなかった。

それが鷹華とあゆなに再会できたのは、この学園が異性の幼なじみがいる者を集めていて、二人ともスカウトされたからだ。その点については、感謝するべきだろう。

何だかんだで、俺も二人と再び会えたことを喜んでいるんだから。

「ま、それでも『いちゃらぶ学科』はないな」

俺の言葉に、カナとあゆなもうなずき、鷹華もワンテンポ遅れて同意する。

と、その時。頭上で校内放送の声が響いた。

『一年A組の武藤優真《むとうゆうま》さん、伊集院《いじゅういん》鷹華さん、御影《みかげ》あゆなさん、若林《わかばやし》カナさん。至急学園長室まできてください。繰り返します……』

「あれ、突然の呼び出しだなー……一体、何なんだろー？」

あゆなが首を傾《かし》げ、俺たちも顔を見合わせた。


「はぁっ、強制転科？」

数分後、俺は呼び出された学園長室の中で素《す》っ頓狂《とんきょう》な声を上げていた。後ろには鷹華たちもいて、顔を見合わせている。

だが、俺と対面している、クールな印象の眼鏡をかけた若い女性――学園長は、特に表情を崩すこともなく、淡々と告げた。

「そうです、あなたたちには強制的に『いちゃらぶ学科』に転科してもらいます」

俺は「えー」とぼやいてから、現実逃避気味に周囲を見回した。

ゆったりとした部屋の中に、表彰状や本棚、ソファなどが飾られているのが見える。俺たちが立っているのは大きな机の前で、『学園長・城島心《じょうしまこころ》』と書かれた札が乗せられていた。

しかし、これらを確認したところで状況が変わるわけでもない。俺は仕方なく、机越しに学園長の目を真《ま》っ直《す》ぐに見ると、先ほどの言葉について問いただすことにした。

「何で強制なんですか。あれって、生徒が自主的に転科するものでしょう？　それを無理《むり》矢理《やり》になんて、納得いかないんですけど」

「私もお気持ちは察します。しかし、あなた方に関しては特別な事情があるのです」

「特別な事情？」

「はい、というより学園の事情なのですが……あなた方は特別なカップルとして選ばれたのです。なので、どうしても『いちゃらぶ学科』に所属してほしいのですよ」

「ちょ、ちょっと待って下さい！」

突然、大声を上げたのは、鷹華《ようか》だった。

「あたしたち全員にカップルになれって言いましたけど、男は優真《ゆうま》一人で、女は三人ですよね？　これじゃカップリングにならないと思うのですが……その、カップルにするなら、女側は一人選ぶとかじゃないんですか？」

「『いちゃらぶ学科』は原則として、幼なじみのカップルで所属してもらうことになってます。それは学園の方針です。そのために、『異性の』幼なじみを持つ生徒が集められているのですから。また、『異性の幼なじみが複数いる』場合は、特例としてその複数同士で恋愛をしてもらってよいことになっています」

よどみなくすらすらと答えてから、学園長は眼鏡を光らせた。

「要するに、二股三股、ウェルカムってことですね」

「そんな……冗談じゃありません！　そんないい加減な関係を組まされるなんて！　あたし、こんな学科認められません！」

「ああ、そうだな。少なくとも『いちゃらぶ』とか恥ずかしい名前はやめて、もっと真面

目に……」

「うるさいわね、この際学科の名前はどうでもいいわよ！」

「どうでもいいのかよ!?」

『いちゃらぶ学科』なんて名前、将来履歴書《りれきしょ》とかに書かないといけないと思うと、相当に気分がブルーになると思うんだが。

しかし鷹華《ようか》がこだわっている理由は別にあるらしく「こんなの認められない」とか「あたし一人でいいのに」とか、ぶつぶつと言っている。

と、同じくそれまで黙っていたカナが、ふと手を挙げて尋《たず》ねた。

「あの、質問なんですけど。それって学校命令なんですか？」

「はい、生徒に拒否権はありません」

「そうですか……じゃあ、しょうがないね。優真《ゆうま》、『いちゃらぶ学科』頑張ろ！」

「……お前はお前で、簡単に割り切りすぎだろう」

さっきまで不純とか言ってたのに、にっこり笑ってガッツポーズをしてみせるカナ。ある意味ポジティブシンキングだ。うらやましい。

と、後ろからあゆなが俺の腕を引っ張って言った。

「しかし悪い話でもないと思うぞ、優真ー」

「何だよ、あゆな。お前まで鞍替《くらが》えするのか？　学園命令だから仕方なく？」

「まー、それもあるけど。今、スマホでこの学園のHPを見て、『いちゃらぶ学科』について詳しく調べてみたー。この学科に所属した生徒には、色々な特典がつくらしいー」

「いや、それは俺も聞いたことがある。でも確か、デート代援助のために町での買い物が割引になるとか、そんな微妙なものだったろ。興味ないから詳しく調べてないけど」

「それもあるけど、それだけじゃないー。他にこんなのもあるんだー」

そう言って、あゆなは自分のスマートフォンを示してみせた。

そこにはこんなことが書いてあった。

〇『いちゃらぶ学科』の特典
・デート時間を取るために、普通教科の時間は大幅短縮。
・試験は一応行うが、試験に対する補習はない。落第も存在しない。
・デートのためなら、特別休暇の許可も与える（ただし正当性のある理由が必要）。

「あれ、これって……つまり適当に過ごしていても、学校卒業できるってことか？」

「うむ、しかも比較的楽になー。うふふ、私にとって天国のような特典だー」

あ、やべぇ。これにはあゆなじゃなくても、ちょっと心が動くかも。

すると、釘《くぎ》を刺すように、学園長が横から口を挟む。

「ただし、恋愛の自主的な『実習』を行い、それを定期的にレポートするのが条件です。これを守れない場合は、『普通学科』に戻されますよ」

「……結構、シビアだな。まあ、勉強の一環なんだし、それは当然か」

「大丈夫大丈夫、ちゃちゃっとレポート書けばいいー。簡単簡単ー」

あゆなはすっかり乗り気だ。確かにこいつの言う通り、レポートだけで楽な学園生活を送れるなら、安いものだとは思う。

だが、と俺は思った。仮に『いちゃらぶ学科』に所属するなら、俺はレポートのためにも、同じく所属した幼なじみたちと恋人ごっこをする必要がある。

しかし、こいつらとすんなりそういうことができるんだろうか。

カナは何かとお姉さん面して、俺の世話とか焼いてくる。本人いわく、俺のことは弟みたいに思えるらしい。面倒見のいい性格だが、俺のことを男扱いしていないとも言える。

一方あゆなは、何かと俺に甘えて頼ってばかりだ。登下校はいつもおんぶとかさせられる。世話の焼ける妹みたいで確かに可愛《かわい》いが、異性としてドキドキしたりしない。

そして、鷹華《ようか》は——。

「と、とにかく、あたしは反対です！　恋愛なんて、ごっこ遊びでするものじゃないし。その、ごっこの相手が優真《ゆうま》なんて……不本意だわ」

「何だよ、そんな言い方ないだろ……」

面と向かって否定されると、やっぱり男として傷つく。俺がしょげ返っていると、鷹華は何やら慌てたように「ち、ちが、あたし、そんなつもりじゃ」とか両手を振っていた。フォローしてくれてるんだろうが、その心遣いが辛《つら》い。

再会してからの鷹華は、俺に対してつっけんどんなことが多い。だからといって完全に嫌われてるとは思わないが——何しろ機嫌がいい時は、小さい時みたいに笑顔を向けてくれることもある——恋愛感情を俺に向けるほどでもないだろう。

それにこいつ、小さいころから根は真面目だし、頑固なんだよな。今回のこの転科だって、あまりに強引すぎるし、おいそれと引き受けるとは思えない。となると——俺が考え込んでいると、学園長が思い出したように言った。

「ちなみに学園としては、一組でもカップルになってくれればいいので、女性は全員参加しなくても構いませんよ——何なら伊集院《いじゅういん》さん、あなたは抜けてくださっても……」

「やります！」

「やるのかよ⁉」

突然手のひらをひっくり返したので、俺は少々驚いた。鷹華の奴《やつ》、何考えてるんだ？

だが、彼女は顔を真っ赤にしながら、学園長に詰め寄って宣言を繰り返す。

「あたしやります！　あ、いや、その、別に優真の恋人役がやりたいわけじゃなくて……その……単純に学校の命令には従わないといけないし、ちょっと楽に学園生活過ごすのも悪くないかなって思っただけで！」

「「それ、さっき私（わたし）たちが言ったことだけど」」

「とにかく、やるったらやります！　止めても無駄ですから！」

あゆなとカナのツッコミも無視し、鷹華《ようか》は勢いで言い切った。

しかし学園長は動じることなく、どこか予定通りといった表情でうなずくだけだった。

「なるほど、わかりました。いいですよ。では伊集院《いじゅういん》さんは賛成ということで」

「あ」

この後の展開が読めて、俺は呆然《ぼうぜん》と声を上げた。

学園長は、そのクールな顔に微笑を浮かべると、こちらを見てくる。

「これで、伊集院さんと御影《みかげ》さんと若林《わかばやし》さんは賛成ということになりますね。それで武藤《むとう》さん、提案なんですが、民主主義に則《のっと》って、多数決を取りませんか？」

「……卑怯《ひきょう》だろ、結果がわかってからそういうこと言うの」

だが、俺としてもこいつらが乗り気になった以上、拒否する理由もあまりなかった。

何より、俺はこいつらの意志は尊重《そんちょう》したい――なぜなら、友人としてこいつらのことを大切にしたいと思っているからだ。どんなことでも、期待には応《こた》えたいのだ。

それは、ある人との約束でもあって――。

「……大切な人、か」

「どうかしましたか？」

「いや、何でもない。とにかく、わかったよ。大人しく、『いちゃらぶ学科』に所属する」

俺は宣誓《せんせい》するように片手を挙げ、そして俺たちの学科はその日をもって、『普通学科』から『いちゃらぶ学科』へと移ったのであった。

『いちゃらぶ学科』の授業は、意外と『普通学科』と変わらなかった。普段は現国やら数学やら英語やら歴史やら物理やら――。『普通学科』でも教わることを勉強している。

なお、学園では一学年がA～Fクラスに分かれていて、A～Cが『普通学科』、D～Fが『いちゃらぶ学科』のクラスとなる。俺たちはAクラスからDクラスに移された。が、別に教室棟が変わったりもしていないので、感覚的には今までの学園生活と変わらない。

ただ『いちゃらぶ学科』は「男女が恋愛するための学科」だ。本命は「自主的ないちゃつきと、そのレポート」になる。つまり恋人ごっこをして、その成果を各々《おのおの》レポートにまとめ、学園に報告しなくちゃならない。

俺たちも『いちゃらぶ学科』に転科した以上、その例外ではなく、レポート作成に四苦八苦することになった。

「結局、何をどうやったら恋人みたいになるんだろうね」

四月二一日――『いちゃらぶ学科』に転科してから六日後の放課後。

教室に残った俺、あゆな、鷹華《ようか》は、カナの質問にうーんと腕を組んでうなった。

俺たちは今、自主的に教室に残って会議を開いている。議題は、『いちゃらぶ学科』でどうやって恋人ごっこをするかだが、これがまったく意見が出てこない。

現在の俺たちの悩みは、全員が色恋沙汰《いろこいざた》にうといというところだ。恋愛の経験もないし、興味を持ったこともない。だから、恋人たちが何をするのか見当もつかないわけで。

「結局、恋人同士って何をするんだろうな」

俺が宙を仰ぎながらぼやくと、鷹華がぼそりとつぶやく。

「少女漫画とかだと、デートしたり、抱きついてスキンシップしたりするんだけど」

「デートかぁ」

うーん、何だかハードルの高い言葉だ。俺たちは恋愛経験がゼロなのに、いきなりデートに行けと言われても、何をすればいいかわからないに違いない。

そもそも、デートって何だろう。何か、恋人同士とか気になる異性同士でどこかに出かけてるイメージが強いが、俺たちはそんなの関係なくよくつるんで遊びに行くことが多い。これはデートとは違うものなのだろうか？

「後は周りに聞いた話だと、ドリンクの飲み回しで間接キスとか盛り上がるらしいわよ」

「何だそりゃ。そんなの、普通にできるだろう？」

「うんうん。こんな感じになー」

「おい、あゆな！　実践《じっせん》するフリして人のジュースをパクるなよ！」

「……スキンシップも今さらだよね。前からしょっちゅうしてるもん」

カナが言いながら、俺を背中からハグしてくる。ついでに、とばかりにあゆなも横から引っ付いてきた。

でも、これに関してだけは俺は少々意識してしまう。特に胸のあたりとか。三年間でカナは結構な成長を遂げたし、あゆなの胸も慎《つつ》ましげながらその膨《ふく》らみを主張している。

が、押し当てている当人に異性としての意識がなければ、やはりこれも『いちゃいちゃ』にはならないだろう。友達同士でじゃれ合ってる程度にすぎない。

「あれ、鷹華ちゃんは優真《ゆうま》に抱きつかないの？」

「え、えっ、あ、あたしはいい！　別に、優真なんかに、抱きついたって……」

「そうかー。じゃあ、しばらく私らだけで優真を独占だなー。優真って意外とごつごつしてるぞー。クマみたいだぞー。触ってると癒《い》やされるんだけどなー」

「……お、おい、鷹華、急に無言で抱きついてくるな。何か無性に恥ずかしいから」

「だって、クマって可愛《かわい》いし……別に、優真に抱きつきたいわけじゃないんだから」

ぷいと横を向く鷹華。そういやこいつ、動物とか可愛いものに目がなかったっけ。

「とにかくだな。スキンシップもダメだとすると、別の何かをするしかないんだが」

俺は慌てて、全員を引き離すと、話題を元に戻す。

なら、何をするべきか――議論は毎回ここに帰結し、結論が出ずに保留されるのだった。

このままだと、ちっとも前に進まないな。早めのレポート提出をと言われているのに。

『あなたたちのレポート、楽しみにしていますよ。選ばれたカップルであるあなた方なら、早く上手に仕上げられると期待しています』

学園長が告げた言葉だ。何と、自ら『いちゃらぶ学科』の主任教師も務めているらしい。

（選ばれたカップルか……そういえば、学園長は俺たちを強制転科させた事情があるって言ってたな。その辺聞き忘れてたけど、どういう事情なんだろう）

俺がそんなことを考えていると、ふとカナが手を挙げた。

「あのさ、『教本』に従ってみるのはどうかな？」

「『教本』……ああ、そういやそんなのあったわね。でも、あれは」

「ちょっと、なぁ？」

俺と鷹華《ようか》は、眉《まゆ》をひそめて顔を見合わせた。

『教本』は、恋愛初心者用に『いちゃらぶ学科』から配布されたもので、『実習』と称してどのような行動をすればいちゃいちゃになるのか書いてある。つまり参考書だが、それを今まで参照していないのには意味があった。

――ぶっちゃけ、内容が微妙すぎる。

『基本は接触することです。一緒に歩くときは手を繋《つな》ぎましょう！』

『コミュニケーションは大事です。思ってるだけでは心は伝わりません。二～三日に一回は、メッセージでいいので自分の気持ちは伝えましょう！』

『ちゃんと相手の良いところは褒めましょう。「格好《かっこ》いい」「可愛《かわい》い」など、パートナーのいいところを語ってみましょう！』

こんなことが大真面目に書いてある『教本』、限りなくうさんくさいじゃないか。本当に参考にして大丈夫なんだろうかという不安がある。

「うーん、でも他に手段なさそうだぞー」

ぺらぺらとその『教本』をめくりながら、あゆなが言った。

「自前のアイデアがない以上、これに頼るしかないからなー……お？」

「どうしたの、あゆなちゃん？」

「……これくらいなら、私たちでもできるんじゃないかー？」

そう言ってあゆなが示したページには、こんなことが書かれていた。

『一緒に登校しましょう！　朝は気分が解放的になるので、いちゃいちゃできるチャンスです。積極的な行動でパートナーをドキドキさせて、お互いの距離を詰めましょう！』

「パートナーをドキドキ……確かに、お互いにドキドキしながらやれば、『いちゃいちゃ』した感じにはなるかも」

「少女漫画の宣伝でも、ドキドキって単語はよく使われるもんね」

「アニメの宣伝文句でも見かけるぞ、ドキドキー」

鷹華《ようか》の言葉に、うんうん、と感心したようにうなずくあゆなとカナ。あまり人のことは言えないが、思春期まっただ中の高校生が、『ドキドキ』という単語にそんな認識しかなくていいのだろうか。

（だけど、一理あるな）

俺は納得した。あゆなとカナの枯れっぷりにじゃない、鷹華の言葉にだ。恋愛の疑似体験なんだから、互いにドキドキするというのは、大切なことだろう。

そして『教本』の開いたページには、そのドキドキさせる方法が書いてあるようだが
――鷹華たちが『教本』を取り囲んでるせいで、俺にはその内容が確認できなかった。

「ふむふむ、なるほど、こういうこともするのね……これならあたしでもできるかも！」

「……わ、こんな大胆なこともするんだ。でも、ちょっとやってみようかなぁ」

「私は、これにするぞー」

さっきまでの空気もどこへやら、楽しそうにガールズトークを展開する。

一方俺は、気が気じゃなかった。あいつらが何考えてるのかわからないが、実践《じっせん》される以上俺も無関係じゃないだろう。内容が気になって仕方ない。

「えっと、何をやるつもりなんだ？」

俺が自分の『教本』をめくろうとしたら、横から鷹華《ようか》がかっさらった。

「ダーメ、明日の楽しみにとっておきなさいよ。こういうのは、サプライズも大切なんだから。優真《ゆうま》はあたしたちに任せなさいって。大丈夫、ちゃんとドキドキさせてあげるから」

「そんなこと言われてもなぁ……って、ちょっと待て。明日の楽しみって、明日すぐに決行するつもりなのか⁉」

「もちろんよ。Strike while the iron is hot《善は急げ》——ってね」

海外仕込みのことわざを披露しながらの、張り切った声に、俺は嫌な予感を覚えた。


そして、翌日の四月二二日。その嫌な予感は的中した。

俺はカナに布団に潜り込まれて起こされ、着替えを手伝いにきたあゆなを逆に介護することになり、鷹華の失敗した料理を胃に収めることになった。

そして遠い目をしながら、幼なじみたちにひっつかれつつ、学園に向かったのだった。

◯

朝起こしてもらい、一緒に登校した、その日の放課後。

俺たちは再び教室内で、会議を開いていた。

「結局、いちゃいちゃしたのか、そうでないのか、よくわからなかったね」

カナがそんなことを言い出し、全員が難しい顔つきでうなずく。

誰もが朝の『実習』が成功だとは、思っていなかったようだ。

「ある意味心臓には悪かったけどな。しかし、あれを恋愛的なドキドキと言っていいかというと、ちょっと違う気がする……」

俺がぼやくと、鷹華とあゆながうんうんと相づちを打った。

「あたしの心のこもった手料理だけでは、鈍感な優真の心を動かすに至らなかったのね」

「私の完璧《かんぺき》な着替えの手伝いもなー」

「いやあの……まあ、お前らがそう主張するなら止めないけどさ」

俺が嘆息していると、カナが少しだけにやにやしながらすすっと近寄ってくる。

「でも優真、わたしのパジャマには見とれてたよね」

「い、いや、だってあれは……」

「ふふ、お姉さんの魅力に参っちゃったかな？」

悪戯《いたずら》っぽい笑みを浮かべて、俺の鼻先に人差し指を当ててくる。今朝のピンクのパジャマと、その下がノーブラであった可能性を思い出して、俺の顔は一気に赤くなった。

と、隣に座っている鷹華がぷくーと頬《ほお》を膨《ふく》らませながらこちらをにらんだ。

「……優真のエッチ」

「ご、誤解だ！　中学時代にカナが起こしにくることは何回かあったけど、いつも制服姿だったから、パジャマが妙に新鮮に感じただけだよ！　俺は変態じゃない！」

「本当かなぁ。小さい時も、よくお医者さんごっこしたがってたじゃない……あたしと」

「い、いや、あれは単に医者という職業が格好《かっこ》いいって思ってただけで……おい、あゆなもカナもそんな目で見るなよ！　幼稚園の時の話だ、幼稚園の！」

慌てて俺が弁解すると、ふとカナが「あ」という声を出した。

「そうだね、そうだよ」

「だろう？　俺はエッチじゃないって、これで……」

「ううん、優真《ゆうま》はエッチだと思うけど」

思うのかよ。

「わたしが言いたいのはそういうことじゃなくて、よく考えてみたら朝一緒に登校するなんて、わたしたちは中学の時からよくしてる、ってことなんだよ」

「あ、あー」

そういえばそうだ。中学に入ってすぐ仲良くなってから、カナはよく俺を起こしにきてくれた。恥ずかしい話、あまり朝起きるのは得意じゃないのだ。

「まあ、ほとんど起こして一緒に家を出てるだけだけどね。ご飯作ったのなんて、月に数えるほどしかなかったし。そう考えると、そんなに大したことはしてないんだけど」

「いや、それは大したことだし、そのことにはいつも感謝してるよ。本当、ありがとう」

「どういたしまして、可愛《かわい》い優真のためだもんね」

そういって、頭を撫《な》でてくるカナ。うーん、本当に弟扱いされてるよな、俺って。

と、鷹華《ようか》がなぜか張り合うようにして、手を挙げて叫《さけ》んだ。

「はいはい、それを言うならあたしも！　小さい時、よく優真を迎えに行ったし！　『あとごふん、ねかせてぇ』ってぐずる優真を何度も見たもん！」

「うむ、私もよく優真を起こしたなー。優真はねぼすけさんだから」

「いや待て！　鷹華はともかく、あゆなに関しては俺が起こしに行ってただろ！　朝起きられないから起こしてくれって！　毎回苦労して、早起きしてたんだぞ！」

どさくさに紛《まぎ》れて事実を捏造《ねつぞう》するあゆなを半眼で見ると、俺は話題を元に戻した。

「とにかく、朝一緒に過ごすのも今さら感があるから、あまり効果がないってことか」

「うーん、でもさぁ、カナにしたって今日は特別な起こし方したわけでしょう？　あゆなも着替え手伝ってたし、あたしも料理ふるまったじゃない」

「いや、お前のはあまり特別感なかったけど。小学校一年の時から、料理練習で爆発してたのよく見てたし」

「とにかく！　いつもと違う状況だと、ちょっとはドキドキすると思うの。でも、どうしていちゃいちゃした感じになってないのかな……」

と、そこで言葉を切って、鷹華《ようか》はまじまじと俺の顔を見つめた。同じように何かに気づいたらしいあゆなとカナと、顔を見合わせうなずく。

「「「優真《ゆうま》だ！」」」

「え？」

「あたしたち、色々とその、優真のために尽くすようなことやったけど……よく考えたら優真は何もしてないじゃない！」

「あっ、ああ」

「うん、確かに何もしてもらってないね。ちょっと不公平かな」

「これでは、こっちがドキドキしないからなー」

「これは由々《ゆゆ》しき事態ね。優真も責任とって、何かすべきだわ」

「うむうむ。誠意として、もっと私たちを甘やかすべきだー」

好き勝手言い過ぎだろ、お前ら。

だが、三人の言うことはもっともだった。俺だけ何もしていないのは問題がある。恋愛の授業なんだから、互いに影響を与え合わないと。

それに――正直、今朝の俺のために色々してくれたことに、まったく心が動かなかったわけじゃないからな。礼も含めて、ちゃんとお返しはしてあげたい。

「わかった、俺も何かするよ。けど、何をすればいい？」

「うむ、そこは自分で考えるべきだなー。何でもかんでも人を頼るのはよくないぞー」

「正論だけど、よりにもよってお前《あゆな》が言うなよ……」

だが、確かに俺がやるべきことだ。人に頼らず、自分自身で決めた方がいいだろう。

俺はうなずくと、決意を固めて立ち上がった。

「わかった。明日までに、俺はお前らをドキドキさせる何かを用意する。これと朝迎えに来てもらったことをレポートにしよう。少しはいちゃいちゃしてるように見えるだろう」

「うん、優真。楽しみにしてるよ。大丈夫、優真ならやればできるもんね」

「さすがよく言い切ったぞ、優真ー。私のぶんのレポートもよろしくー」

「それは自分で書けよ！　まぁ、任せておけって。わかりやすくドキドキするような行動を取ってやるからさ！」

俺はそう言って笑うと、幼なじみたちに向かって親指を立ててみせた。


「……何であんなわかりやすいフラグを立てたんだ」

はぁ、とため息を吐《つ》きながら、俺は夕日の浮かぶ水面に小石を投げ込んだ。背後の少し離れた土手では、どこかの柔道部員が「わっせ、わっせ」とランニングをしている。

家のそばを流れるこの川は、川幅一〇〇メートル以上と、そこそこの大きさを誇っている。河川敷《かせんじき》では充分なスペースが整地してあってフェンスで囲まれ、スポーツなどを楽しむこともできる、ちょっとした地元のレジャースポットだ。

しかし今の俺には、そんな「我が町自慢」な情報はどうでも良かった。ただひたすらに川辺で石を投げ込んでは、ため息を吐《つ》く。

理由は簡単で、鷹華《ようか》たちに言った「わかりやすくドキドキするような行動」がまったく思いつかなかったからだ。

朝迎えに行くとしても、それはもう鷹華たちがやったことだ。今さら感が強い。それに、俺があいつらの寝床に潜って起こすわけにはいかないし、着替えを手伝うなんてもっての外《ほか》だ。朝食の準備はできそうだが、それであいつらがドキドキするとは思えなかった。

後は、手を繋《つな》いだり、抱きしめたりだが……やはり動じるとは思えない。なら、異性を意識させるような本格的なデートは？　ダメだ、いい線行くかもしれないが、ちゃんとこなせる自信がない
「我ながら無茶《むちゃ》言ったよなぁ。明日までに決めるって……そもそも、今までそういうのが思いつかなかったから、レポートにも苦労したんじゃないか」

ああ、何で恋愛なんてこの世にあるんだろう。俺はつくづくと思う。

（面倒くさいじゃん。特定の異性に特別な感情を持つなんて。友情でいいだろ、友達で。大切に思ってることに変わりないんだからさぁ）

胸中でぶつぶつつぶやいて、適当な雑草をちぎっていた、その時。

「何、ふてくされてるの」

すぐ後ろで、苦笑の交《ま》じった声が聞こえた。

振り向き仰げば、良く見知った顔の主がそこに立っている。

「鷹華……何でここに？」

「どうせ、行き詰まってると思って。優真《ゆうま》って昔から、悩み事があるとここに来るもんね」

そう言って苦笑を浮かべると、身につけたカジュアルなワンピース――家で着替えてきたのだろう――の裾《すそ》を押さえながら、鷹華は俺の隣に腰を下ろした。

日が沈みかけて、周囲を黄昏色《たそがれいろ》に染めていく。少し冷たい風が吹いたが、なぜか不快に感じることはなかった。隣に人がいると、温かいからだろうか。

と、その風になびいた髪を押さえつけて、鷹華が口を開いた。

「優真はさぁ……」

「え？」

「優真はたぶん、あたしたちの期待に応《こた》えるためだけに『ドキドキさせる何か』をしないといけない、って思ってない？」

独り言のような問いかけ。ただ、その声色は真剣だった。

俺は少し驚いた。鷹華の言ってることは、まさに今俺が考えていたことそのものだったからである。俺は視線を前に戻すと、うなずいた。

「だって、それはそうだろう。今日の朝にしてもらったことだって、結果はどうあれ嬉《うれ》しかったし、その分のお返しをしないといけない。何が何でもだ」

　力をこめて、自分に言い聞かせるように言う。そうだ、そのためにも俺は一刻も早く、自分がするべきことを見つけなければならないんだ。

　だが――鷹華《ようか》が、ぽつり、と言葉を漏《も》らした。

「……あたしはそれ、あまり嬉しくないかな」

「えっ？」

「だって……そのことが理由で、優真《ゆうま》に無理強いとかさせたくないもの。それで苦しむ優真なんて、あたしは見たくないわよ」

　そして、はっと気づいたように付け足す。

「べ、別に、あんたを気遣ってるわけじゃないんだけどね。ほら、どうせなら心がこもった行動の方が嬉しいじゃない。お義理で返されたら、朝にあんたのために頑張ったあたしたちの方が可哀相《かわいそう》だし！」

「ま、まぁ、確かにそうだけど……」

　俺は苦笑を浮かべる。鷹華の言葉は相変わらず無愛想だ。が、わざわざここに来てくれたのは、俺のことを心配したからだろう。根は優しい娘《こ》なのだ。

　もちろん、カナとあゆなも。何だかんだといつも俺を気遣ってくれている。

「そうか、そうだな。お前たちってレポートのためもあるけど、そもそも俺のために、朝のことはやってくれたんだよな」

「それは、ね。レポートのためだけで、あそこまでできないわよ。少なくともあゆなとカナはそう思っているはずよ……まぁ、その、あたしも、ちょっとはね……」

そう言って、ぷい、と横を向く鷹華。自分の優しさに対する照れ隠しだろうか、顔を見せてくれない。でも——その言葉の奥にあったものは、確かに理解できた気がする。

そして、自分がやるべきことも。

(俺は今まで、こいつらを形だけでもドキドキさせたいと思っていた。でも、本気で相手のことを思っての行動でないと、ドキドキなんてしてもらえないよな)

そのためには、自分がこいつらをどう思ってるのか、そして何をしてやりたいのか、それを明確にする必要がある。

それは——その時、一つの考えが閃《ひらめ》いた。『教本』に書いてあった文字が、すさまじい勢いで脳裏《のうり》を駆け巡って行く。

俺は思わず、立ち上がっていた。

「よし、決めた！　明日何をやるか、決まったぞ！」

その言葉に、鷹華もぱっと顔を輝かせて聞いてくる。

「え、本当!?　何するの？　教えて！」

「ダメだ、明日の楽しみにとっておけ。こういうのは、サプライズも大事だからな」

「あー、ずるい！　それ、あたしが前に言った言葉じゃない！」

「わはは、お返しだ。ま、そんなに大したことじゃないさ」

そう言って伸びを一つする。ここで背中を丸めて座っている理由は、もうなくなった。

鷹華《ようか》もどこかほっとした顔をして立ち上がる。やっぱり、悩む俺のことを心配してくれていたのだろう。そう考えると、少し……いやかなり嬉《うれ》しかった。そう思って笑いかけると——ちょっとためらってから——それでも確かな微笑《ほほえ》みが返ってくる。

鷹華と一緒に、パンパンと、尻の砂埃《すなぼこり》を払っていると、ふと声が聞こえてきた。

「おーい、優真《ゆうま》、鷹華ちゃん！　もう遅くなるから帰っておいでよ！」

「あれ、カナ？　どうしてこんなところに⁉」

土手に立つ彼女の姿に、俺は目を細めた。隣にはあゆなも立っている。

「優真の家に行ってみたらいなかったから、ここにいるんじゃないかって探しに来たの！」

「……はぁ、私は待ってようって言ったんだー。カナが無理矢理《むりやり》引っ張ってきてー」

「でも、せっかくだから、朝ご飯に続いて、晩ご飯も一緒に食べようって提案したの、あゆなちゃんだよ。迎えに行くくらいいいじゃない」

「イヤだー。私はなるべく消費カロリーの低い人生を送りたいー」

そのやりとりに思わず笑うと、

「待っててくれ、今すぐ行くから！」

そう叫《さけ》んで、鷹華とともにそちらに向かって走り出した。

○

翌日。昼休みになってから、俺は鷹華とあゆな、カナを連れて校舎裏へと向かった。

もちろん、昨日決めた『やるべきこと』をやるためだ。

「それで、優真。わざわざこんなところまで来て、何するつもりなの？」

「何かくれるのかー。お菓子とかー」

カナとあゆなの問いに、俺は苦笑しながら答えた。

「昨日鷹華には言ったけど、そんな大したことじゃないんだ。だけど、人に聞かれると恥ずかしい気がしたから、人気《ひとけ》のないところを選んだのさ」

「聞かれる？」

「そうだ。俺がやることは、本当に大したことじゃない。ただ……俺の素直な気持ちを、皆《みんな》に伝えておこうと思ったんだ。嘘偽《うそいつわ》りない気持ちを」

その言葉に、鷹華が緊張したように息を飲んだ。揺《ゆ》れる瞳《ひとみ》でこちらを見つめてきている。

カナとあゆなも、心なしか真剣に俺の言葉を聞いているようだった。

俺は、一つ大きく呼吸をすると、心の準備を整えて口を開いた。

「まずは、カナ」

「は、はい」

「カナ、俺はお前のことを…………ちょっと小うるさいと思ってる」

「……はい？」

突然の言葉に、目をぱちくりとさせるカナ。だが、俺は気にせず言葉を続けた。

「何かと姉貴面しすぎなんだよ。その割には、結構抜けてるところあるだろお前。そういうのどうかと思うな」

「あ、あの、優真《ゆうま》？」

呆然《ぼうぜん》とするカナを脇目に、俺は次にあゆなの方を見た。

「あゆな……お前は、何かと俺に甘えすぎだ。もうちょっと自立した方がいい」

「……うぐ」

「鷹華《ようか》は……あれだな、俺に対してちょっと冷たいだろ。もうちょっと愛想良くしてくれてもバチ当たらないと思うぞ」

「ちょ、ちょ、ちょっと待ってよ優真！」

慌てたように鷹華が言う。

「伝えたいことって、それ？　その、ちっともドキドキしないんだけど！」

「何というか、刺さるよね」

「……いざ正面切って言われると、ショック大きいなー」

あゆなに対しては結構普段から言ってる気もするが。

だが、もちろん俺の話はこれで終わりじゃなかった。ここからが本番だ。

「まぁ、待て……それで、以上を踏まえて、お前たちにさらに言っておきたいことがある」

その言葉に、幼なじみたちは身構えたが、俺は容赦《ようしゃ》なく口を開いた。

本当に、伝えたいことを――。


「俺は、そんなお前たちが好きだ」

「「「え!?」」」


目をぱちくりとさせる三人に、警戒を解くために笑いかけながら言う。

「カナは何かと面倒見がいいし、世話を焼いてくれる。あゆなは素直で態度がわかりやすいし、頼りにしてくれることは正直嬉《うれ》しい。鷹華だって、本当はちゃんと根が優しくて、俺に対しても色々気遣ってくれること、わかってるつもりだ――俺は、そんなお前らのことを大切に思う。友人として」

そして、俺は三人に、何より自分に言い聞かせるために、一言一句に力をこめた。

「正直、俺は恋愛とかそういうのに疎い。だから、『いちゃらぶ学科』で、お前ら相手にちゃんとしたカップル役を務められるかどうかわからない。でも、お前らが学園の期待に応《こた》えられるように、楽しい学校生活を送れるように、気合い入れて全力を尽くす。だから……これからも一緒に頑張っていこう」

そう告げてから、「以上だ」と結んだ。

俺が贈ったのは、ただの言葉。でも、嘘偽《うそいつわ》りない心からの言葉だ。

言葉は思っているだけでは意味がない。ちゃんと相手に伝えなければならない。

『コミュニケーションは大事です。思ってるだけでは心は伝わりません』『ちゃんと相手の良いところは褒めましょう』――『教本』に書いてあったこれらのことを、俺は実践《じっせん》しようと思いついた。何より、それであいつらが喜んでくれると信じて。

果たしてその成果は――――それこそ俺がドキドキしながら見守っていると、ふと、鷹《よう》華《か》が俺に向かって口を開いた。

「あのね、優真《ゆうま》……」

「あ、ああ」

「……伝えたいのって、それだけ？」

「へ？」

しらっとした目で、こちらを見ている。カナも、あゆなも、微妙な表情をした。

「一日かけた割には、あっさりしてるね」

「期待してたのにー。何か今さら感が強いなー」

「い、いや、何を言うんだ、結構言葉選びに悩んだんだぞ！　俺の決意はちゃんと語りたかったし、その上でお前たちのいいところもちゃんと褒めないといけないし！」

「じゃあ、何で最初にあたしたちディスったのよ？　必要ないじゃない！」

「それはその……何というか、つい本音が出てしまったというか……素直に褒めるのが恥ずかしかったというか……」

もじもじと言い訳してると、幼なじみたちの白けた空気がより濃くなった気がした。

――しまった、全然喜ばれなかったか⁉

俺は恥ずかしさのあまりに、穴があったら入りたい衝動に駆られる。

だが、ふと場の空気が緩んだ。鷹華が突然、微笑を浮かべたのだ。

「ふふふん。まあ、しょうがないわね。優真ならこんなものでしょ」

「え？」

「最初の評価は複雑だったけどね。でも――ほめてくれたのは嬉《うれ》しかったよ」

「これからも、素直に優真に甘えることにするからなー」

そう言って、カナとあゆなも俺の背中をぽんと叩《たた》く。

「じゃ、じゃあ――俺の行動は？」

「「うん、合格」」

満面の笑みを浮かべる少女たちに、俺は「よしっ」と内心でガッツポーズを決めた。

本当に良かった！　苦労した甲斐《かい》があったというものだ！

「それじゃ、放課後にレポートにしてまとめようぜ。きっと学園長も認めてくれるさ」

俺はそう言うと、浮かれた気分で校舎に向かって歩き出した。

[side：another]

一人歩を進める優真《ゆうま》の後ろ姿を、幼なじみである三人の少女、鷹華《ようか》、あゆな、カナは、立ち尽くしたままぼんやりと見つめていた。

彼女たちの耳の中には、先ほど優真に言われた言葉がまだ響いていた。

『俺は、そんなお前たちが好きだ』

その台詞《せりふ》を聞いた時、彼女たちの目には見慣れたはずの少年の顔が、まるで別人のように見えた。

(何だろう……優真のこと、弟みたいで可愛《かわい》いって思っていたはずなのに――)

(……甘やかしてくれる気の良い兄ちゃんだと思ってたのに――)

(元から、そういうふうには思ってたけど、なおさら――)

格好《かっこ》いい、男の子に見える。

それはごく小さな、認識の変化。しかしその違和感はいつまでも少女たちの胸に残り、頬《ほお》を小さく朱に染めるのだった。

[side：another end]

○

それから、数日後。

「――何ですか、このレポートは？　朝に登校？　決意表明？　この程度では、『いちゃいちゃ』してることにはなりませんよ？」

「え……ダメですか？」

「当然です。もっとちゃんとしたレポートを再提出してください」

学園長に直々に呼び出され、グループの代表としてレポートの没を食らった俺は、がっくりと肩を落とした。

第二章　姉と弟の関係

[side：another]

若林《わかばやし》カナが最初に優真《ゆうま》に話しかけたのは、中学に入って一ヶ月ほど経《た》ったころだった。

彼らの中学には、昼食が給食の日と弁当の日があった。その日は弁当の日だったのだが、料理が好きなカナは自作のサンドイッチとポテトと唐揚《からあ》げの詰め合わせを友人たちと一緒にわいわいと食べていた。

「カナ、揚げ物ばかりだとまた太るよ？　ダイエット始めたばかりなんでしょ？」

「……だ、大丈夫だもん」

少しばかり耳が痛い小言を聞きながら。

と、その時、隣から騒がしい声が聞こえた。そちらに目を向けると、自分たちのように机を合わせてスペースを取り、昼食を取っている男子たちの姿が見える。

その中の一人、武藤《むとう》優真の弁当が目に映り、カナは思わず「うぇ？」と変な声を上げた。

そこにあったのは、弁当箱にぎゅうぎゅうに詰められ、大量にふりかけをかけられた白飯――だけだった。どうひいき目に見ても、栄養があるとは思えない。

慌てて声をかけてしまう。

「ちょ、ちょっと、武藤くん」

「うん？」

「それ、何でそんなお弁当なの？　絶対体によくないよ」

「あー、これね」

ちょっと恥ずかしそうに、彼は笑った。

「うち、今家にいるの親父《おやじ》だけだから。その親父も今週から海外出張中だし、自分で作るしかなかったんだ」

「料理、できないの？」

「できないこともないけど、色々なもの作るの面倒くさいよ」

その言葉に、カナは呆《あき》れたが、苦笑を浮かべている優真を見ると何も言えなかった。

はにかむような彼の顔が、少し可愛《かわい》く見えたのである。

（同じ歳《とし》なのに、小さな子みたい）

同時に、彼女は以前両親にこぼしていたことを思い出した。

――わたし、妹か弟が欲しいなー。

人の世話を焼くのが好きな彼女が、常々思っていたことである。それが、優真の顔を見ているうちに大きく膨《ふく》らみ――次の瞬間、彼女はこんなことを口走っていた。

「次のお弁当の日、わたしがお弁当作ってきてあげようか？」

「え⁉」

「そんなお弁当じゃ、可哀相《かわいそう》だもん。お弁当なら一つ作るも、二つ作るも、手間的にそんなに変わらないしね。それに、わたしお料理するの好きだし——あ、サンドイッチでもいいかな、今色々な具材で作るのにハマってるの」

彼女の言葉に、優真《ゆうま》の友人たちもうなずいた。

「そりゃいいや、優真、そうしてもらえよ」

「お前の弁当、あまりにわびしすぎるからな。何て言うか、見ている方がつらいぜ」

「え、そんなにか……」

優真はしげしげと弁当を見つめた。その仕草も子供っぽくて、カナは忍び笑いを漏《も》らす。

彼女の友人たちも、援護に回った。

「カナの料理は美味《おい》しいよ。武藤《むとう》くん、世話になりなよ」

「何なら、私たちのおかずも分けてあげるわよ」

普通、女子が男子に料理を作ってあげるなんて言えば冷やかされるのが常《つね》だが、それ以上に優真に対する同情が勝ったのだろう。全員が真剣な顔つきで促してくる。

ここまで言われれば、優真もむげにはできないらしく、多少恥ずかしそうに「お願いします」と頭を下げてきた。

それを受けてカナは満足そうに、笑いながら胸を叩《たた》いた。

「うん、任せてよ」

これがきっかけで、カナと優真は親しい友人関係になり、それから三年間はカナが優真の世話を焼くことが多くなった。

念願の弟ができたみたいで、カナとしては嬉《うれ》しい限りだった。

嬉しかったのだが――。

――ふと、追憶から戻り、現在のカナが、ぽつり、とつぶやいた。

「何でかなぁ」

脳裏《のうり》には、優真に言われた言葉が揺曳《ようえい》している。

『俺は、そんなお前たちが好きだ』

友人としてという意味で、放たれたであろうこの台詞《せりふ》が、ずっと胸に残って離れない。

あの時、優真の顔は確かに男らしかった。それを見た彼女の心の中で、何かが少しざわめいたような気がしたのだ。

それは、姉として抱くものとは違う気がして――カナの胸に不安を残した。

「大丈夫だよね。優真は弟みたいなものなんだから」

カナはそう言って笑ったが、その表情は少しぎこちなかった。

[side : another end]

○

「まだダメですね。再提出です」

「そんなぁ、マジっすか」

――『幼なじみ学園』の学園長室にて。

俺は少しげんなりとした顔で、目の前の学園長にぼやいた。

最初のレポートを出してから、数日後。再提出を命じられた俺たち――俺と鷹華《ようか》、あゆな、カナは、改めてレポートを書き上げた。

内容はとりあえず、四人で遊びに行ったものにしたのだが、学園長からすればやはり『いちゃいちゃ』とは言いがたいものらしい。

「とはいえ、他にどういう体験をすればいいのやら……何も思いつかないんだよな」

俺がうなっていると、ふと、隣の鷹華が手を挙げながら声を上げた。

「あの、学園長。あたしたち、こういう恋愛関係の体験とかしたことがないんです。できれば、内容についてアドバイスとかもらえると助かるんですけど」

「そうだなー。例として他の人のレポートとか、見せてほしいぞー」

珍しくあゆなも援護射撃してくれた。まあ、こいつの場合、これ以上煩わしいことをしたくないという思いが強いからだろう。

学園長は二人の言葉を吟味《ぎんみ》するように考え込んでいたが、やがてゆっくりと口を開いた。

「そうですね、教育とプライバシーの関係上、他の生徒のものを見せることはできませんが、アドバイスくらいなら……あなたたちの体験の問題点を指摘しましょう」

「問題点……どこですか？」

「主題が、グループ交際になっているところですね」

「え、そこ？」

俺は思わず拍子抜けした声を出したが、学園長はゆっくり首を振ってみせた。

「大きな問題ですよ。一対一とグループ交際では緊張感が違います。確かにこの科目は二股三股が可能ですが、それでもやはり『恋愛』としては一対一の真剣なものを経験してほしいのです。少子化が進んでいるとはいえ、日本では重婚は認められていません。将来のパートナーを一人選ぶ練習のためにも、一対一の付き合いは大事なのです」

なるほど。確かに現状だと、友達が集まって仲良くしてる感が強くて、あまり男女のお付き合いって感じはしないかもな――俺は納得してうなずいた。

後ろのカナとあゆなも、腑《ふ》に落ちたような声を上げる。

「えっと、要するに今までみたいにみんなでわいわいするんじゃなくて、男一人女一人で、デートとかをした方がいいってことですよね」

「そうかー。つまり私たちは、一人ずつ順番に優真《ゆうま》とデートをすればいいわけかー。他の二人がやってる間はサボれるから、楽かもしれないなー。うむ、気に入ったぞー」

学園長の前で、よく堂々とそんなことが言えるな。

ふと、その言葉に俺は引っかかるものを感じて首を傾《かし》げた。

「あれ、待ってください……それって、俺はこの三人とのレポートすべてを書かないといけないから、実質三倍の量書かないといけないってことですか⁉」

「ええ、三股かけるわけですから当然でしょう。むしろ、その特典のための代償と思えば、安いものじゃないですか」

「別に俺が望んだわけじゃないですよ⁉」

俺は思わず叫《さけ》んだが、学園長は涼しい顔をしてそっぽを向いた。その辺は諦《あきら》めろってことなんだろう。くそ、何か釈然《しゃくぜん》としないな。

と、彼女は眼鏡を直しながら、俺たちの方に向き直った。

「ともかく、あなたたちには一対一の関係での恋愛体験をしていただき、そのレポートを提出してほしいのです。そうでないなら、私たちもここまでうるさくレポートの再提出を命じたりしないのですが――あなたたちは、学園に選ばれた存在なので」

「ああ、そういえば、前もそんなことを言ってましたね。どういう意味なんです？　俺たちが『選ばれた存在』って」

今さらかもしれないが、俺は前に聞きそびれたことをこの機会に尋《たず》ねてみた。

すると、学園長は机の上で手を組み、眼鏡を光らせながら答える。

「実は、あなたたちには……他にはない特殊な才能があるのですよ」

「「「特殊な才能⁉」」」

「そうです――あなたたちは『ＣＦレベル』の数値が、何と一二〇〇〇もあるのですよ」

「な、何ですか、その『ＣＦレベル』って」

いきなりＳＦ然とした話になってきた。俺たちが固唾を呑《の》んでいると、学園長はゆっくりとその答えを口にする。

「『ＣＦレベル』とは、『Childhood Friend レベル』の略――すなわち、『幼なじみレベル』のことを指します」

「え、『幼なじみレベル』？　何それ……？」

「『どれだけ異性の幼なじみと相性がいいか』を表すレベルですよ。あなたたちの場合は、それが約一二〇〇〇レベル――常人のなんと、百倍もの数値をたたき出しているのです」

「へ、へぇ……」

「何でそんなものが数値で計測できるんだ」とか、「それが常人の百倍あると何がどう凄《すご》いんだ」とか、色々な疑問が頭をかすめた。

が、割とどうでもよくなった。「異性の幼なじみと相性がいい」と褒められたこと自体が微妙すぎる。何と言うか、あまり自慢になるとは思えない。

「すごい……私たち本当に選ばれた存在みたいだぞ、鷹華《ようか》ー」

「ええ、常人の百倍……悪くないわね」

　──何事にも例外はいるようだが。

　わくわくした表情で目を輝かせるあゆなと、顎に手を当てつつまんざらでもない顔の鷹華。この二人はアニメなどが好きなので、こういうファンタジーっぽい設定に弱い。

　俺は苦笑しながら、残るカナの方を振り返った。

「別にこんなのに選ばれても、嬉《うれ》しくないよなぁ、カナ………カナ？」

「え、あ……えっと、ごめん。考え事して聞いてなかったよ」

「いや、別に大したことじゃないから、どうでもいいんだけど」

　妙にのんびりしているところのあるカナだが、人の話を聞かないほど考え事をしているのは珍しい。何か悩み事だろうか。そう思って様子を見ていると、不意に彼女は学園長に向かって質問をした。

「あの、先生。『CFレベル』が高いと『異性の幼なじみとの相性がいい』ってことは……その、『CFレベル』が高い人同士はいずれ恋人になりやすい、ということですか？」

「ええ、平たく言えばそうなりますね」

「そう、ですか……」

　カナは再び何事か考え込み始めたようだ。本当、どうしたんだろう。

「それで、学園の事情というのは」

学園長が再び口を開く。説明は終わっていないらしい。

「史上希《まれ》に見る『CFレベル』を持つあなたたちを、学園を代表する公式カップルとして打ち立て、実績として残したいというものです。『幼なじみをカップルにする』をスローガンに掲《かか》げている我が校としては、これ以上にない宣伝材料になるでしょう」

「……つまり、何ですか？　俺たちは客寄せのパンダみたいなもん？」

「否定はしません。私立の学園なんて、金儲《かねもう》けしてなんぼですからね」

これが教育者の言う台詞《せりふ》だろうか。

だが、これで納得はした。同じ『いちゃらぶ学科』でも、俺たちの周りの生徒は比較的のんびりと過ごしているみたいだったから。俺たちのレポートが下手なのではなく、学園側が厳しかったわけだ。

「まぁ、一度やるって言ったからにはやるけど、釈然《しゃくぜん》としないなぁ……大体、学園長は何でそんなに『幼なじみ』にこだわってるんですか。それがよくわからないんですけど」

全国から「異性の幼なじみを持つ生徒」を集めたり、『CFレベル』なんて変な数値にこだわったり、この学園の『幼なじみ』に対するこだわりは本当に異常だ。

俺の疑問に、しかし学園長は意外な答えを出した。

「最初にお断りしますが、私の意志は関係ありません。『幼なじみ学園』のスローガンや教育方針は、学園設立者たる理事長の意向なのです」

「え、そうだったんですか？　てっきり、学園長の方針なのかと思っていたけど」

「私は学園をまとめる役を仰せつかっているだけなので、本学の経営者である理事長の声は大きいのです……それで、理事長が『幼なじみ』にこだわっている理由ですが」

　声をひそめたので、俺たちは思わず唾を飲み込んだ。

　ゆっくりと、学園長が口を開く――。

「……ただの趣味です」

「へ？」

「理事長いわく、『幼なじみのカップルがキャッキャウフフしてるの最高に尊《とうと》いじゃん？　ポップコーンとコーラを手に、一日中見ていたい』だそうです」

　知りたくなかった、そんな事実。俺は軽いめまいを覚えた。

　鷹華《ようか》もげんなりとした口調でつぶやく。

「じゃあ、この学園の方針、というか存在自体が、完璧《かんぺき》に個人的な趣味ってことじゃないですか……何か、馬鹿馬鹿しくなってきたんですけど」

「そう言わずに、頑張ってください。その代わりと言ってはなんですが、あなたたちは先ほども言った通り、選ばれた存在――エリートでもあります……うまくいけば、『ベストカップル』に選ばれる可能性だってあるのですよ」

その言葉に、俺は思わず「へぇ」と心を動かされた。他の三人も同様なようだ。

確か『ベストカップル』は、『いちゃらぶ学科』に所属し、最終的に優秀な成績を収めたカップルがもらえる称号だ。そう、パンフレットに書いてあった。

これに選ばれると、学園が可能な限り願いを一つ叶《かな》えてくれるという、すごい特典がついてくる。だが、審査基準は厳しく、未《いま》だに選ばれたカップルは一組もいないという。

「おおー、もしもこれに選ばれたら、私の『楽々低カロリー人生プラン』がますます現実のものになる！　優真《ゆうま》、絶対に頑張ろー！」

「お前は本当にわかりやすいな、あゆな……でも、確かにちょっと気になるかな。今まで誰も選ばれなかったものになれるかもしれないなんて。なぁ、鷹華？」

「ベスト……カップル……優真と……ベストの……カップル……」

「おい、どうしたんだ、鷹華？」

「え、あ、ううん、何でもない！　別に、何も、想像なんてしてないから！」

慌てふためく鷹華。何を考え込んでいたのだろう。

ともかく、俺もその特典には興味があった。何でも願いを一つ叶えてもらえるなんて、物語の主人公みたいだ。誰も選ばれなかったものに選ばれるという、栄誉もあるし。

「そういうわけで、皆さんの精進には期待しています。レポートの再提出お願いしますね」

そう言って、俺たちに向けて微笑を浮かべる学園長。

少し乗せられた気もするけど――

「「はい！」」

俺たちは、声を揃《そろ》えて元気よくうなずいていた。

――ただ一人、まだ何事か考え事をしているカナを除いて。


放課後、俺たちは教室で、もはやおなじみとなった会議を開いていた。

「さて、学園長のアドバイス通り、一対一での体験レポートを作ると決めたのはいいんだけど、内容は何にすればいいんだろう」

「うーん、朝起こしに行くとかじゃもうインパクトないわよね」

鷹華《ようか》も腕を組んでうなずいた。まあ、ある意味こいつが来て朝食を作ってくれれば、インパクトのあるレポートは書けるが、それは求められている衝撃ではないだろう。

「内容もそうだけど、順番も大切だなー。誰が一番にやるのか、決めるの大変そうだー」

「……他人事《ひとごと》みたいに言ってるが、お前もその候補に含まれてるんだぞ、あゆな」

「えへへ……私はほら、トリを務めて皆《みんな》から聞きかじった体験をもとに適当にレポート作るから……お先にどうぞ」

――鼻の下をこすって照れてみせて、それで誤魔化《ごまか》せると思うなよ。

「そんなズルが許されるか！　お前もちゃんとやれ。自分だけ楽しようとしたってそうはいかないからな！」

「やだー、たとえ世界中を敵に回しても、私は楽な生き方を歩むー」

「……いや、世界中を敵に回す方が、遥《はる》かに楽じゃないと思うんだけど」

鷹華が苦笑を浮かべた、その時。

ふと、それまで黙っていたカナが片手を挙げた。

「あの、ちょっといいかな？」

「何だ、カナ」

「一番手、わたしにやらせてほしいんだよ」

「「「え!?」」」

その宣言には、俺だけでなく、鷹華とあゆなも驚いた。

「え、ちょっと、カナ正気？　一番最初に、優真《ゆうま》と一対一で恋愛ごっこやるのよ!?　二人きりで歩いて、二人きりでいちゃついたりするのよ！　考え直した方がよくない!?」

「いいのか、一番手引き受けてもらって！　助かる、存分に頑張ってくれー！」

「同じ驚きでも、内容は対照的だなお前ら……けどカナ、本当にいいのか？　はっきり言って今ノープランだぞ。計画もろくに練ってない状態で、一番手を引き受けるなんて……」

「うーん、プランだったら何となくあるんだよ」

そう答えると、カナは自分のスマートフォンを取り出してみせた。

検索済みのサイトを、俺たちに提示してみせる。

それは、半年前この町にできた、ショッピングモールのものだった。

「明日休みだし、ここで買い物して、ついでに一日遊んでみない？　その、二人きりで……」

「えっ、それってつまり？」

「うん。一応、デート……になると思う」

自信なさそうな声が、やけにはっきりと響いて聞こえた。俺とカナがデートだって!?

それも流れ的に、ただ遊びに行くのが目的のものではなく——ふと鷹華《ようか》が声を上げた。

「いや、あの、ちょっと待ってカナ。それって、男女で『いちゃいちゃ』するためのデートよね？　カップルらしく、ふるまうための」

「そうなるかな？　普通に遊びに行っただけじゃ、先生も納得しないと思うし」

「……でもそれって、ハードル高いから、今まで封じてきたじゃない。本当に、やるの？」

「うん。いつまでも尻込みしてたら、先に進めないと思うしね。これを機会にやってみた方がいいと思うんだよ」

「そ、それはそうだけど……でも、それの一番手をやるのよ？　優真《ゆうま》とデートの、一番手。その、きっと、苦労すると思うんだけど」

なぜか妙に焦った声を出す鷹華の肩を、カナはおっとりと叩《たた》いた。

「鷹華ちゃん、お願い。ここは譲ってくれないかな」

「でも……」

「この間見せてあげた、ぬいぐるみのクマちゃんあげるから」

「わかった、任せたわ」

「おいおいおい、それでいいのか」

何だかよくわからないけど、あっさり翻った鷹華の態度に寂しいものを感じた。

だが、鷹華は得意げに胸を張ってみせる。

「ふふふん。優真はわかってないわね。カナが持ってるぬいぐるみは、ただのクマじゃないのよ！　マレーグマよ、マレーグマ！　とっても希少なんだから！」

「だから何だよ！　まぁ、お前がそれで納得できるならいいけどさ」

「納得、できるわよ……それに、後でデートの話聞いて、今後の参考にしてもいいし」

「ん、何か言ったか？」

「何でもない！」

ぷい、とそっぽを向く鷹華。よくはわからないが、不満はなくなったらしい。

あゆなは元から異論はないらしく、これで俺とカナのデートは決まった。

「でも珍しいな。お前がこんなふうに、自分から率先してやりたいって言うなんて」

俺は正直な感想を口にした。別にあゆなほど無気力ではないが、カナも表立って何かを強く主張するタイプではない。マイペースでおっとりとしているのだ。それが、今回は是が非でもやりたいという意志を感じる。

そんなカナは、俺の問いかけに少し首を傾《かし》げてから答えた。

「うーん、わたしもよくわからないけど。このデートで確かめてみたいことがあるんだよ」

「確かめてみたいこと？　何だよそれ？」

「ひ・み・つ」

そう言って、彼女は茶目《ちゃめ》っ気《け》たっぷりに、唇に人差し指を当てて笑ってみせる。

しかし、その笑顔は心なしかどこか寂しそうでもあり——俺は困惑するしかなかった。


「じゃあ、明日ね」

そう言って、カナはそそくさと先に帰ってしまった。

俺は鷹華《ようか》とあゆなと共に通学路を歩きながら、首を傾げる。

「カナのやつ、一緒に帰ったっていいのに、何で先に行っちゃったんだ？」

「バカね、女の子はデートの前は色々と準備がいるのよ」

したり顔で鷹華が言うと、あゆなもうんうんとうなずいた。

「明日に備えて、服を選んだり、髪型を吟味《ぎんみ》したり、メイクを試したり、鏡の前で試行錯誤してると思うぞー。少なくとも漫画だとそういう感じだー」

「海外で見てた、日本の恋愛アニメでもそうだったわ」

「お前らの体験談じゃないのかよ……まあ、本格的なデートなんて俺も初めてだけど」

そう言ってから、俺はふと自分の髪を撫《な》でた。何となく気になる。

「俺も、何かいじった方がいいのかな」

「優真《ゆうま》はそれでいいんじゃない？　男の子がオシャレしても、たかが知れてるし」

「清潔感があって、きちんとした格好なら、それでいいみたいだぞー」

そうか。そう言ってもらえるなら気が楽だ。知識もないのにオシャレをするのって、下手すると変な格好になりそうで怖い。俺はともかく、カナが恥をかくことになる。

(それにしても、カナとデートか)

俺は自分で言った言葉を、しみじみとかみしめた。本当に初めての体験だ。明日、何をすればいいんだろう。少し不安で——少し楽しみでもある。

と、隣から鷹華がぶすっとした顔で覗《のぞ》き込《こ》んできた。

「ちょっと優真、鼻の下のびてるんじゃない？」

「え、ええっ!?　い、いや、そんなことないぞ」

「そう、ならいいけど……あくまでレポートのためのデートなんだからね、その辺忘れないでよ。別に本当の恋人とかなるわけじゃないんだから」

「い、言われなくてもわかってるって」

俺が動揺《どうよう》していると、そっぽを向いてから付け加える。

「それから、その、カナとだけじゃないんだからね……その、いずれは、あたしとも……」

「優真《ゆうま》ー、デートの時にお土産頼むぞー。私はお菓子がいいー」

「人のデートにお土産なんか頼むなよ？　まぁ、何か買ってくるけど」

「……あの、人の話聞いてる？」

あゆなと会話していると、鷹華《ようか》が涙目でにらんできた。「すみません、タイミング的に聞きそびれました」とは言いにくく、俺は「はは」と誤魔化《ごまか》し笑《し》いを浮かべた。

ともあれ、明日はデートだ。そう考えると身が引き締まる思いがした。

そんな俺の視界の隅《すみ》で、鷹華が何やら考え込んでいたかと思うと、ふとあゆなの袖《そで》を引っ張り、「ちょっと」と何やら耳打ちする。

あゆなは不服そうだったが、鷹華に必死に頼まれ、渋々うなずいたようだった。

（あいつら、何話してるんだろう？）

俺は疑問には思ったが、秘密の話のようなので、尋《たず》ねるのはやめておくことにした。

◯

デート当日。カナが待ち合わせに指定した場所——ショッピングモールの、ちょうど入り口に俺は立っていた。

白く綺麗《きれい》な建築物は真新しく、そしてひたすらに大きい。休日ということもあり、エントランスでは大勢の客が行き交っている。地元民も多いが、遠くからはるばる買い物にくる客や、観光客なども多いようだ。

事前に調べたが、このショッピングモールには、色々な店やフードコートの他、映画館、スポーツジム、カルチャースクールなんてものもあるらしい。かなりの規模と言っていいだろう。建物がでかいわけだ。

だが、そんなショッピングモールの巨影も、賑《にぎ》やかな客の喧噪《けんそう》も、何度も腕時計を見る俺にはどうでもいいことだった。

「そろそろだな」

そろそろ、カナとの待ち合わせの時間だ。そして彼女が現れれば、デートの開始となる。

そう思うと、なぜか気持ちが落ち着かない。

(何でこんなに緊張してるんだろう。カナと買い物なんて、珍しいイベントでもないのに)

俺が心中でつぶやいた、その時。後ろから聞き慣れた明るい声が響いた。

「優真、先に来てたんだね。ごめん、待たせちゃったかな?」

「いや、大丈夫だ、今来たとこ……」

振り返りながら答えようとして――俺は最後まで言葉を出せなかった。

目の前に立っているカナが、いつものカナとまったく違って見える。

カジュアルなカットソーとロングスカートの組み合わせはカナの私服の定番だが、いつもにも増して洒落《しゃれ》ている感じがする。髪も心なしかふんわりとしていて、顔に薄くメイクをしていた。変わらないのは、私服時いつもつけているチョーカーとバッグくらいだ。

そして何よりも、その表情が俺の目を引く。いつもより明るく、そして紅潮《こうちょう》した笑顔。俺とのデートを意識してるのだろうか。そう思うと俺も何だか気恥ずかしくなってきた。

（デート……なんだよな。やっぱり、俺たちデートするんだよな……）

俺が呆然《ぼうぜん》としていると、カナが俺の隣に立ち、ショッピングモールを見上げて言った。

「改めて見ると凄《すご》いねぇ。とても大きいし、綺麗《きれい》だし」

その声は明るく、昨日のようなどこか物思いにふける様子は一片もない。よくわからないけど、悩みは吹っ切れたのだろうか。だといいんだけど。

「ん、どうしたの、優真《ゆうま》。じっとこっち見て。顔に何かついてる？」

「あ、いや、別に……それより、すごいよなこのモール。学園がオーナーなんだぜ」

俺は話を誤魔化《ごまか》しつつ、そのついでに昨日仕入れた知識を思い出していた。

昨日ネットで改めてショッピングモールのことを調べてたら、出資者の欄に『幼なじみ学園』の文字があったのである。驚いてさらに調べてみると、この町には数年前から、クアハウス、巨大ドーム、美術館、博物館、屋内外プール――、といった開発の手が加わっているのだが、そのすべてのオーナーが我が校なのだ。

（そういえば、『いちゃらぶ学科』に所属している生徒には、デート時に町で割引が利く特典がもらえるんだよな。これが、そのからくりか）

納得はいくが、それでも驚嘆を禁じ得ない。

「ま、いつまでも驚いていたって仕方ないか。早速だけど中に入ろうぜ、カナ」

俺はそう言うと、カナと一緒に歩こうとした。

と、そんな俺の手首に、白くほっそりとしたものが絡みつく。カナの指だ、しっとりとしている。振り返ると、「ちょっと待って」と彼女は訴《うった》えた。

「優真《ゆうま》、どうせなら手を繋《つな》いで行こうよ。その方がデートっぽいし」

「あ、ああ。そうだな」

俺はカナの言うことに一理ありと考え、その手を普通に握る。

「違うよ、優真」

「え？」

「これ、デートだもん。だから、こう」

そう言って彼女は、一度手を離すと、互いの指を絡めるようにして握ってきた。

「え、こ、これ……何だ、すげー恥ずかしいな」

「あはは、そうだね……恥ずかしいね」

俺たちは苦笑を浮かべ合ってから、ふと目線を合わせた。何となく、照れくさい。指を外したい衝動にも駆られたが、それも何となく惜しかった。

「まぁいいや、それじゃ覚悟決めてデートするか！」

「うん！」

俺の言葉にカナもうなずき、そして俺たちはモールの中へと入っていった。

[side：another]

優真とカナの二人が、ショッピングモールの入り口へをくぐったそのころ。

怪しい人影が同じく行動を開始していた。

季節外れのソフト帽《ぼう》を被《かぶ》り、コートを着た二人組。建物の影に隠れるようにして――格好のせいでよけい周囲の注目を浴びているのだが――優真たちの様子をうかがっている。

「ゆ、優真ってば、あんなに仲よさそうに手を握ってぇ」

「……なぁ、鷹華《ようか》。何で、私までこんなことしないといけないんだー？」

わなわなと震えているのは鷹華で、ぶつぶつとぼやいているのはあゆなだった。

二人とも、優真とカナの行動を隠れて観察しているのであった。どうしてそんなことをしているかというと、前日の帰り道、鷹華があゆなに頼んだからである。

『あゆな、あたしたちはチームなのよ。デートは一対一でやらせるとしても、状況はちゃんと見張っておく必要があると思わない!?』

『えー？　二人に任せておけばいいだろー。せっかくの休日だし、家でごろごろしたいー』

『何言ってるの、それでデート中に何か間違い……じゃなくて、不慮の事故とか起きたらどうするの!?　チームメイトを助けられるのは、あたしたちしかいないわ！　そういうわけで、あゆなもついてきてよ。監視の目は多い方がいいんだし』

しばらく自分が宿題を代行するという条件もつけ、鷹華《ようか》は何とかあゆなをうなずかせた。

そしてデートの監視に来たわけだが、鷹華の言葉はもちろん建前で、本音は別にある。

（……ごっことはいえ、本格的なデートだもの。二人とも、その特別な空気に酔わないとも限らないわ。盛り上がって、変なことでもしようもんなら、全力で阻止《そし》しないと！）

彼女は拳《こぶし》を握りしめると、瞳《ひとみ》の奥に決意の炎をメラメラと燃やした。

すると、後ろのあゆなが情けないような声を上げる。

「なー、鷹華ー。もう疲れたー。何か周りの視線も痛いし、帰っていいかー？」

「いいわけないでしょ、まだ始まったところよ！　ほら、二人を追いかけて行くわよ」

「まぁ、私も何だか気になるしなー……とりあえず、見ておくかー」

あゆなも観念したように嘆息すると、鷹華の後を追ってモールの中へと入った。

[side : another end]

俺たちがショッピングモールの中に入ると、中は思った通り、人でごった返していた。

長い通路の両側に様々な店が連なり、客が買い物をしたり、覗《のぞ》き込《こ》んでは立ち去ったりしている。家族連れも少なくないが、中にはちらほらと男女のカップルも見えた。

――この中の何割かは、俺たちと同じ『いちゃらぶ学科』の生徒かもしれないな。

俺はそんなことを思いついた。もしそうなら、彼らもレポートを書くべくデートをしているに違いない。同じ境遇としては、負けてられないな。

何となく対抗意識を燃やしながら、俺はカナに尋《たず》ねた。

「それで、モールの中に入ったはいいけど、これからどうする？」

「あ、わたし行ってみたいお店があるの。先にそっち行ってもいい？」

「そういえば、買い物をするって言ってたな。了解」

そして建物の中を歩いて行くのだが、俺としてはやっぱり繋《つな》いだ手が気になっていた。

「なぁ、カナ……やっぱり手はほどかないか？　ちょっと恥ずかしいんだけど……」

「ダメだよ♪　優真《ゆうま》、我慢我慢♪」

そんなことを言うカナはいつもよりにこにことしていて、どこか上機嫌のようだった。

恥ずかしいとか言ってたのに、本当に女ってよくわからない。

俺は仕方なく「へいへい」と観念すると、カナについていく。

途中、通り過ぎる客に押されるようにしてカナが密着してきた。その柔らかい感触に得した気分になる。カナが嫌がってるんじゃないかと顔色をうかがってみたが、照れてはいても嫌がってはいないようだ。俺と視線が合う度に、はにかむように微笑《ほほえ》んでくる。

な、何だろう。見慣れている顔のはずなのに、すごく可愛《かわい》く思えるぞ。心臓がもの凄《すご》い勢いで脈打ってしまいそうだ。

「どうしたの、優真《ゆうま》。ぼぉっとして」

「い、い、いや別に。何でもない、大丈夫だ」

「そう？　ならいいけど……疲れたらいつでも言ってね、休憩するから。あ、水筒とお茶も持ってきてるから、喉渇《のどかわ》いたら言って。それからタオルと、お菓子と……」

「あ、いい。本当にいい。ちょっと、正気に戻った」

トートバッグをまさぐる、いつもの世話焼きな少女の姿を見て、俺は少し安堵《あんど》した。

――やっぱりカナはカナだ。変に意識することなかったな。

それから数分後、俺たちは黙々と店内を歩き、最上階の端にある店に来ていた。

『まじないショップ・ウィンドウォーター』という看板が出ている。

「ひょっとしてここか？」

「うん！　ここ、色々なおまじないグッズが売ってるの！　一度来てみたかったんだよ」

俺の言葉に、カナは嬉《うれ》しそうにうなずいた。

そういえば、こいつはこの手のおまじないとか占いとか、オカルトっぽいものが好きで、家でもその手のグッズが大量に置いてあったな。こういう店に来て喜ばないはずがない。

「それじゃ、入るか」

「うん」

そして俺たちは、店の中に入った。

店内には色々なグッズであふれかえっていた。ぬいぐるみ、ストラップ、人形などよく見かけるものから、お香、ロザリオ、彫像といった珍しい品まで、幅広く揃《そろ》えている。雑誌の裏によくある『開運のペンダント』や『金持ちになれる腕輪』なども見かけた。

だが、俺はあまり興味が湧《わ》かない。義理でざっと商品を見回した後、カナに尋《たず》ねた。

「それで、カナ。何を買うんだ？　さっさと探して買っちゃおうぜ」

すると、カナは軽く頬《ほお》を膨《ふく》らませ、たしなめるように言ってきた。

「もう、優真ってば。そういう態度はよくないよ。こういうのは、色々眺めて楽しむのがいいんだから。さっさと目的を達成したらデートにならないじゃない」

「それは、そうかもしれないけど……ここ以外も見て回るんだろ？　あまりのんびりしていても、それはそれでもったいないと思うぞ」

「うーん……確かに、それもそうかな……じゃあ、探すの手伝ってね。ブレスレットを探してるの。赤い数珠《じゅず》みたいな奴《やつ》で、クリスタルでできてるんだよ」

「へぇ、えらく派手そうだな。何の効果があるんだ？」

「ダイエット」

「…………」

「食べた後にお祈りすれば、てきめんに痩せられるって噂《うわさ》なんだよ」

いや、運動するか、食べる量減らせよ。

だが、カナは楽しそうに鼻歌を歌いながら店内を探し回っている。水を差すのも悪いだろうと思い、俺は忠告を諦《あきら》めてブレスレット探しを手伝うことにした。

[side：another]

オカルトグッズ店で、優真《ゆうま》とカナが目的の品を探しているころ。同店内では、鷹華《ようか》とあゆなも、こそこそと動いていた。

仲むつまじくデートしている二人を、常に注意深く監視している——と思いきや、そうでもなく、棚から商品を取り上げてしげしげと見つめている。

「はうぅ……この『願いを叶《かな》えてくれる黒猫』のぬいぐるみ可愛《かわい》い……！」

「うむ、このお香は熟睡効果があるのかー。これで思い切り惰眠《だみん》をむさぼりたいぞー」

「ああ、こっちの定番の『癒《い》やしの効果があるクマさん人形』も捨てがたいよう」

「こっちは楽して儲《もう》かる貯金箱かー。素晴らしい、私の人生観に一致するー」

こんな具合にはしゃぎながら、ひとしきり店内を見回っていく。

おかげで彼女たちが本来の使命を思い出したのは、十数分も後のことだった。

「はっ！　こんなことしてる場合じゃないわ、優真とカナは⁉」

「会計済まして出て行ったぞー。うーん、こっちの無病息災《むびょうそくさい》のお守りも悪くないなー」

「もう、そういうことは早く言ってよ！　追うわよ！」

自分の浮かれっぷりは棚に上げ、鷹華はあゆなを引っ張ると、店の外に出た。

［side：another end］

○

「目的のものが見つかって良かったな」

「うん♪」

俺の言葉に上機嫌に応《こた》え、カナは買ったばかりの紙袋に頬《ほお》ずりした。中には探していたブレスレットが入っており、早速今晩から使う予定だそうだ。

ちなみに、俺の手は再び繋《つな》がれている。やっぱり恥ずかしい。

ただ、隣にいるのが可愛い女の子であると考えると、誇らしいのも確かで、俺はやや高揚した気持ちになっていた。

「それじゃ、徹底的にデートを楽しみますか」

「うん！」

そうして俺たちは、ショッピングモールを練り歩き、デートを楽しんだ。

玩具屋《おもちゃや》でジグソーパズルやレトロなボードゲームを冷やかしたり——。

コスメショップでヒーリング効果のある入浴剤を見てみたり——。

靴屋で新しい靴の購入を検討したり——。

ファッション雑貨屋で小物やアクセを勧められたり——。

こんな感じでたっぷり三時間は楽しんだ後、俺たちはフードコートで休憩をしていた。

ジュースとコーヒーを購入して、二人してすすっていると、ふとカナが笑いながら言う。

「それにしても凄《すご》かったね、まさかあんなに安くなるとは思わなかったよ」

「ああ、まったく学園さまさまだな」

例の『いちゃらぶ学科』の特典により、俺たちは商品を最大五〇パーセント引きという破格の値段で買うことができたのだ。これは安い。

おかげで得したし、楽しかった。俺たちは心の底から、買い物を楽しむことができた。

だが——。

「なぁ、カナ」

「うん？」

「これって、ちゃんとデートなのかな」

「……さぁ、どうだろうね」

よくわからないといった具合に、カナは笑った。

こういった買い物は、中学の時に二人でしたことがある。あの時はデートなんて自覚はなく、単に仲の良い者同士、無邪気《むじやき》に遊んでいる感じだった。

——そして今回も、あまり変わらない。確かに最初はカナがすごく可愛《かわい》く見えたり、妙にドキドキしたりと、デートを意識したせいでテンションの変わったところもあった。が、買い物をしていくうちに、カナがいつものカナだとわかってほっとし——今ではすっかり気分も落ち着いている。一緒にいて、安心するくらいだ。

だからこそ、今ちゃんとデートしているのかと問われると、自信を持ってうなずけない。

「俺たちじゃ大して変わらないのかな。友達としてつるむのも、恋人としてデートするのも……そう考えると余計な気を遣《つか》わないですむ分、友達の方がいいのかもな」

俺がそんなことをぼやくと、ふと、カナが沈んだ表情をする。

「どうかしたのか？」

「え、ううん。何でもないよ」

笑うが、どこかぎこちない。まるで昨日のカナに戻ったようだ。

そういえば、と俺は思い出す。昨日、帰る前にカナは「このデートで確かめたいことがある」と言っていた。それはもう、達成できたんだろうか。

俺が尋《たず》ねようとした時、ふとカナが口を開いた。

「あのさ、優真《ゆうま》。恋愛って……恋人になるって、どういうことだろうね」

「え？」

「もし、もしもだよ。わたしたちが、その、彼氏さんと彼女さんになったとするよ。そうなると、今のわたしたちとは違ってくるのかな」

その顔はどこか思い詰めていて、先ほどまで笑顔ではしゃいでいた人間とは思えなかった。ぽつり、と漏《も》らすように言葉を続ける。

「わたし、優真の世話を焼くの、とても楽しいよ。本当の弟みたいだもん。でも、恋愛関係になったら、それって男女の関係になるよね。そうすると、こういう気持ちも消えちゃうような気がするんだよ」

「そんなこと……なってもいないのに考えてもしょうがないだろ」

「……だけど、ＣＦレベルが」

「え？」

「わたしたち、幼なじみでカップルになる確率高いんだよね」

「あ、ああ……そういえば、学園長がそんなことを言っていたな」

でも、あんなの運命論みたいにオカルトめいたものだし――そう言おうとして、俺は止まった。カナはおまじないを信じる性格なのだ。

「このままわたしたち、本当に彼氏彼女になったりするのかなあ……もしそうなら、『いちゃらぶ学科』になんて入らない方が良かったかも」

「い、いやいや、大丈夫だって。今回だって、そんな感じにならなかったし。少なくとも、そういう変な気が起きない限りはさ」

俺たちが、互いに異性を意識しなければ――。

――こういう関係も、ずっと続けられるかもしれない。

だが、俺の言葉に、カナは変わらず冴《さ》えない表情でいた。

「そうだと、いいんだけどね……でも、変わらないでいられるのかな、わたしたち……少なくとも、三年前とは、体も心も変わってるよ」

そう言って俺を見つめるカナの顔は、どこか大人びて見えた。

憂《うれ》いを帯びた瞳《ひとみ》がとても美しく、俺は思わず息を呑《の》んだ。それはデートの初め、このモールに入った時、カナのことをデート相手として意識したのと同じ感覚だった。

三年前――俺がカナと初めて出会ったころ。確かに俺たちはまだ体つきも、その中身も、もっとガキだったはずだ。それがいつの間にか、少しずつ大人へと――互いに異性を意識できる関係へと――変わりつつあるのかもしれない。

だけど、変わらないものもあるはずで――俺がカナにそれを伝えようとした、その時。

「ご来店の皆さま！　只今《ただいま》より、大食い早食い大会の飛び入り参加を受け付けます！」

突如、そんなアナウンスが響き渡り、俺とカナは顔を見合わせた。

［side：another］

鷹華《ようか》とあゆなは、優真《ゆうま》たちから少し離れた場所で、アイスティとコーラで喉《のど》を湿らせていた。その足下には、大量の買い物袋が積まれている。すべて、優真たちの後を追っている最中の成果だった。カップルではないので割引はされてないが。

「なー、鷹華ー。これ、私たち、ただ単純に買い物に来てるだけと違うかー？」

「……だ、だって、可愛《かわい》い小物がいっぱいあるんだもん」

ストローをくわえつつ、ぷくーと頬《ほお》を膨《ふく》らませる鷹華。顔が赤い。照れ隠しだ。

今のところ優真とカナが「間違い」を犯す気配もないので——手を繋《つな》いでるのがやや気に入らないが——つい買い物に興じてしまう彼女なのだった。気合いを入れて変装までしたのに、これでは何のためにここまで来たのかと、少しむなしく感じてしまう。

（そもそも、そういう場面に出くわしたとして、どうやって二人を止めればいいのよ）

はた、と気づき、鷹華は頭を悩ました。そんな簡単なことすら考えてなかったのだ。

それに——本当はわかっていた。仮に二人がそういうことをしようとした時、止める権利は自分にはない。すべてを決めるのは、優真なのだと。

（でも、あたしは……優真が……）

そんなことを考えた、その時。

「ご来店の皆さま！　只今《ただいま》より、大食い早食い大会の飛び入り参加を受け付けます！」

突如大声が響いて、鷹華もあゆなも驚き、目を瞬《またた》かせた。

声のする方を見れば、フードコートの近くにあるイベント広場に体の大きな男達が集まり、その前に大盛りのサンドイッチを皿に積んだワゴンが運ばれている。マイクを持ったコンパニオン風の女性が、元気な声を張り上げていた。

「このサンドイッチを、時間制限内にもっとも多く食べた方が優勝、という大会です。参加者はこの八名。現在、他のお客様の飛び入り参加を受け付けております！　なお、優勝者には、このウサギのモッフィーちゃんの枕をプレゼントします！」

そう言って彼女が掲《かか》げたのは、ふわふわなウサギ型の枕だった。四角い枕ボディの四隅《よすみ》に小さな手足がちょこんとついており、頭部には目と耳が縫《ぬ》い付けてあった。

それを見た瞬間、鷹華とあゆなの体に電流が走った。

（きゃー！　何、あれ、可愛いじゃない！　抱っこしてもふもふしながら寝たい～！）

（あれは、なかなかの抱き心地とみた……！　きっとあれを抱いて寝たら、ぐっすり眠れるだろうー！　学校をサボるお供に最適だー！）

しかし、それを手に入れるには、大食いと早食いという、年頃の少女には少々ハードルの高い勝負をこなさなければならない。

と、なれば――二人は顔を見合わせてうなずくと、席を立って走り出した。

[side：another end]

「わぁ！　優真《ゆうま》、あれ、あれ欲しい！」

俺の隣でウサギの枕を見ながら、カナが歓声を上げていた。

先ほどまでの憂《うれ》いに満ちた表情もどこへやら、コンパニオンの女性が持っているウサギを指さして、ぴょんぴょん跳ね上がっている。

俺はそれを横目で眺めつつ、少し疑問に思って尋《たず》ね返した。

「あれって……枕なんかが欲しいのか？」

「枕っていうかね、ウサギさんの前足が欲しいの。今幸運を呼び寄せるグッズとして流行《はや》ってるんだよ！　本物を使うのはえぐいから、ぬいぐるみとかで代用するんだよ」

──代用って、まさか切るんじゃないだろうな。それはそれでえぐいぞ⁉

「あーあ、欲しいなー。あの枕欲しいなー。彼氏さんが取ってくれないかなー」

「こういう時だけきっちり彼氏扱いするなよ。まったく」

俺は苦笑しながらも、さてどうしたものかと考えた。確かに今の俺はカナの彼氏役なのだ、こういうのも体験しておくべきだろう。フードファイトの経験はないが、そこは根性で何とかするしかない。それに──。

と、考え込んでいると、ふと二つの人影がこちらに向かって突進してきた。だんっ、とぶつかったと思いきや、俺の腕に抱きついて叫《さけ》ぶ。

「優真、あれ、あれ取って！　お願い、一生のお願い！」

「あれで惰眠《だみん》をむさぼりたいー。ただひたすらに惰眠をー」

「鷹華《ようか》、あゆな!?　何でこんなところにいるんだ！　それに、その格好は!?」

「そういう細かいのは後でいいでしょ！　お願い、優真！」

全然細かくないと思うのだが、二人はだだっ子モードに入っていた。鷹華はわくわくと目を輝かせ、あゆなもぎゅーっと首筋に抱きついてくる。そういえば二人とも子供の時に、俺に何か頼む時はよくこういう仕草をしてきた。

こうなると、諭しても無駄だ。俺は深く息を吐くと三人に告げた。

「一応言っておくけど、取れなくても文句言うなよ？」

「うむ、ありがとう。優真大好きだー。鷹華も好きだよなー？」

「え!?　あ、うん、あたしも、その……えっと、とにかく頑張りなさいよ！」

どこか雑な声援に、俺は再び苦笑する。だが、これで幼なじみ三人分の期待を背負うようになったわけだ。ますます気合い入れてかからないといけないな。

その間に、元からいる参加者の前に、サンドイッチを積んだ皿が続々と並べられていく。よく見れば、どれも高さは一メートル近くあった。

参加者たちの表情は特に変わらない。これごとき、食べられて当然ってことか……。

「は、ははは、こりゃさすがにきつそうだな」

ふと、カナと目を合わせた。彼女は多少なりともこっちを心配しているようだった。

「あのね、優真《ゆうま》。さっきはああ言ったけど、半分冗談だし……そこまで無理しなくてもいいと思うんだけど。いくらデートの実習だからってさぁ」

「いいさ、行ってくるよ。根性なら負けない自信あるし——それに」

俺は笑ってから、付け加える。

「これは、俺がやりたいからやるんだ」

「え？」

「だって、お前らあのウサギが欲しいんだろ。だったら、俺もその期待には応《こた》えたいよ。だってお前らは全員、俺の大切な『幼なじみ』なんだからな」

そうだ、きっとこれだけは——恋人になろうと友達で居続けようと——変わらない。ここにいる皆《みんな》が大切だということ。それがさっきカナに伝えたかった、俺の思いだ。

カナは、きょとん、という表情をした。それから、まじまじとこちらを見つめると、

「ねぇ、優真。だったら……」

しかし何かを言いかけた時、後ろから声が響いた。

「飛び入り参加の方は、お早くお願いします！　もうすぐ締《し》め切りますよ～！」

「いけね、話は後でな！」

そう言って俺は、慌てて会場の方へと駆け出した。どうやら飛び入りは俺一人らしく、会場内に足を踏み入れると周囲から歓声が沸き上がる。

居並ぶ参加者は、レスリングか相撲でもやってそうな大男ばかりだった。

そんな奴《やつ》らの中に交《ま》じって、うずたかく積まれたサンドイッチの山へと挑まなくてはならないのだ。考えるだけで、冷や汗が出てくる。

果たして、こんな状況で、あいつらの期待通り勝つことができるんだろうか？

「……で、できらぁ！」

俺は気合いを入れて叫《さけ》ぶと、用意されてある椅子に座った。

◯

「げぷぅ……もう、サンドイッチなんて顔も見たくねぇ」

「ふふふ、サンドイッチに顔はないよ」

そう言って笑いながら、カナはぱんぱんに膨《ふく》らんだ俺の腹を撫《な》でた。中には気合いで収めた大量のサンドイッチが、ほぼ未消化で収まってるはずだ。本当に苦しい。

後ろでは鷹華《ようか》とあゆなが、ファットボディの代償――優勝賞品であるウサギの枕を取り合うようにして、きゃっきゃっ、とはしゃいでいる。

「すごーい、もふもふじゃない！　本当に優勝するなんて、すごいわね優真《ゆうま》！」

「うーん、ぐっすり眠れそうだ。さすがだなー、優真ー」

「おいおい……それの一番の所有権はカナにあるんだから、そこは忘れるなよ」

俺の言葉に、鷹華《ようか》とあゆなは「えー」と不服そうな顔をした。

カナが笑いながら、隣から俺の肩をつついてくる。

「いいよ、これは皆《みんな》で使うから。優真もそのつもりで取ったんだよね？」

「まあ、それはそうなんだけど……っ」

俺はそう言うと、襲ってきたげっぷを何とかこらえた。

「一応みんなのために頑張ったけど、これはやっぱりデート中に取ったものなんだから、今日の彼女役であるカナに渡したいんだ。鷹華とあゆなもそれはわかってくれ」

「「はーい」」

声を揃《そろ》えてうなずく鷹華とあゆな。しかし、こいつらが俺たちの後をつけてるとは思わなかったな。『心配だった』とのことだが、ショッピングモールに行くだけでちょっと心配しすぎじゃないだろうか。子供じゃあるまいし。

ふと、カナがこちらを見て尋《たず》ねた。

「ねぇ、もし――わたし以外の誰かが彼女役だったら、やっぱりその娘《こ》にあげてた？」

「そりゃそうだろ。こういうのは平等じゃないとな」

「平等、ねぇ――平等かぁ」

カナはそう言ってから、肩を一つすくめて、くすりと笑った。

「何だよ？　何がおかしいんだよ？」

「ううん。優真《ゆうま》はやっぱり子供だなぁって思って」

「何だそれ、また弟扱いか？　まったく、お前は……」

文句を言いかけた俺の口元に、カナはそっと人差し指を当てる。

そして少し、意味ありげに笑った。

「優真は弟みたいなものだよ、これからもずっとね……」

「え」

「さ、帰ろうか。今日のこと、早くレポートにしなくちゃ」

そう言って、足早に歩いて行く。

俺と、それに鷹華《ようか》とあゆなは、そんなカナの姿を見て思わず顔を見合わせた。

[side：another]
カナは優真たちの前を歩きながら、先ほどの自分の言葉を反芻《はんすう》していた。
『優真は弟みたいなものだよ、これからもずっとね……』
それは、すべてを語った言葉ではない。ある決意がこめられていた。

脳裏《のうり》には、フードファイト出場前の優真の言葉が揺《ゆ》れていた。

『これは、俺がやりたいからやるんだ』

『だって、お前らあのウサギが欲しいんだろ。だったら、俺もその期待には応《こた》えたいよ。だってお前らは全員、俺の大切な「幼なじみ」なんだからな』

（すごいよね、優真は。そう言って、本当にやりとげちゃうんだもん）

その意志の強さに、改めてカナは感じ入った。

きっと優真は相手が恋人でも友人でも、変わらず大切にするんだろうなと確信する。

その時、ずっと抱いていた迷いが晴れた――優真との関係が変わった時、自分の気持ちまで変わるのでは、という迷いが。

（だったら優真、わたしも優真のこと、ずっと弟として大切にするよ……わたしは優真のこと、弟として可愛《かわい》いと思ってるんだから）

今と変わらず、弟として可愛がり、大切にする。そのことを彼女は誓ったのだ。

『いちゃらぶ学科』とか『ＣＦレベル』とか関係ない。優真が恋愛関係なく自分を大切にしてくれているように、自分も優真に変わりない親愛を示そう。

「……ただ、優真が『みんな平等に』大切にするっていうのが、微妙に納得いかないけど……あそこはお世辞でも、わたしが一番って言ってほしかったかな。いつもお世話してあげてるのになぁ」

そう言ってふくれる彼女は、自分の心がある方向に変わりつつあることに気づいていない。ただ、『弟』たる優真《ゆうま》にないがしろにされたと思い、不満に感じるのみだった。

「いいもん、罰として明日の朝ご飯に、山ほどサンドイッチ作ってあげるんだから」

そう言って彼女は悪戯《いたずら》っぽく笑い、一度歩みを止め、優真たちが来るのを待った。

[side : another end]

○

後日談。

俺とカナがデートから帰った日の夕方、我が家ではちょっとした騒動が起きていた。

「ちょっとカナ！　やめなさいよ！　足を切るなんて可哀相《かわいそう》じゃない！」

「止めないで鷹華《ようか》ちゃん！　おまじないにはこの足がどうしても必要なの！」

「……どっちでもいいから、終わったら貸してくれー。早速それで寝てみたいー」

リビングでウサギ枕をめぐって、わーきゃー叫《さけ》ぶ幼なじみたち。

俺はそれをうんざりと見ながら、ため息を吐《つ》いてぼやくのだった。

「いや、やるなら他所《よそ》でやれよ……何でうちで使おうとするんだよ」

第三章　ワンナイト・ハウス

俺たちの町にあるショッピングモールや、新しくできた施設、店などは、大体『幼なじみ学園』がオーナーをしている。

住宅街の外れ、国道沿いにある大きな本屋もそうだった。二階建てで、下はビジネス書や文芸書、上は漫画やライトノベルなどを取り扱っている。

その二階のレジ前に、俺はあゆなを連れて並んだ。ほっそりとした腕が、俺の肘《ひじ》を絡め取っている。制服越しに胸がつつましげに主張していて、ちょっと気恥ずかしい。

やがて、レジを操作していた男の店員が、生真面目な顔でうなずいた。

「学生証を照会しました。お二人は、『幼なじみ学園』の『いちゃらぶ学科』のカップルで間違いありませんね」

「そうだぞー……いえ、はい、そうですー」

「では、カップル特典として、ポイントを大量加算させていただきます……今すぐご使用ですか？　では、五六八〇円分引かせていただきますね」

その言葉に、「よっしゃー！」とあゆなは歓声を上げた。レジにはコミックが山積みになっている。それを見ながら、俺は嘆息しつつつぶやいた。

「カップル特典ね……カップルったって、割引目当ての偽物じゃもがっ！」

「うふふー、優真《ゆうま》、ちょっと黙っていてくれー」

あゆなが俺の口を手でふさぐ。その間にも、店員は買った本に紙のカバーをかけ、袋に詰めてくれていた。

「ありがとうございましたー」

その声を背中に受け、俺とあゆなは店から外に出る。

国道沿いを少し歩いたところで、俺の口はやっと解放された。隣を歩くあゆなは上機嫌で、俺の腕は組んだまま、本の入った紙袋をパンパンと叩《たた》く。

「いやー、大漁大漁だぞー。全巻安く買えるから、『いちゃらぶ学科』さまさまだなー」

「お前ね、もうちょっと真面目にデートに取り組む気はないのか？　これじゃただ、お得なお買い物をしてるだけじゃないか」

「何を言うー、『いちゃらぶ学科』の生徒として当然の権利を行使してるだけだぞー。大丈夫、一応腕組んで歩いてるし、放課後デートと言えなくもないってー」

「いや、そうかもしれないけど……それでも、詐欺《さぎ》っぽいよなぁ」

俺は嘆息しながら、小さく肩をすくめた。

ここ数日の間、俺はあゆなとデート（？）ばかりしている。理由は簡単で、あゆながとあるアニメにはまったのだ。

『こ、これは面白いぞー！　きっと後世に残る名作になるに違いないー！』

内容が、異世界をチート性能な戦車で疾走《しっそう》しながらラブコメするという、俺にはよくからない話だったので、共感することはできなかったが。

ともあれ、あゆなはそのアニメのグッズや、ゲーム、コミックなんかを買い漁《か》《あさ》る決意をしていたのだが、いかんせんそこまで買い込むと小遣いがあっという間に尽きる。

そこであゆなが目をつけたのが、『いちゃらぶ学科』のカップル用割引だ。この学科の生徒はデート代の補助として、この町では飲食代や施設利用料、それに日用品や服など様々な商品購入を安くできる。本やCDなんかの一般に割引できないものも、店側が買い物に使用できるポイントを大幅に増やしてくれるのだ。

そして俺たちは紛《まぎ》れもない『いちゃらぶ学科』の生徒なわけで——あゆなはデートと称して俺と店に出かけては、様々なグッズを格安で手に入れていたというわけだ。

でも、いくら仲良く歩いているとはいえ、買い物の後にそそくさと帰ることを『デート』と呼んでもいいいんだろうか。すごく手抜きな感じがして、気が引けるんだけど。

「せめてこう、もうちょっと二人で遊びに行くとか、食事に行くとか、そういったイベントを差し挟まないと、デートにならないと思うんだが」

「やれやれ、しょうがないなー。優真はそんなに私とデートがしたいのかー？」

「そうじゃなくて、物事には道理ってものがあるだろ？　本格的なデートもしていないのに、その補助のための特典だけ使うのは、不誠実だって言いたいんだよ」

「うーん、真面目な奴《やつ》めー」

あゆなはぼやいてから、腕を組み何やら考え込んでいたが、やがてふと何かを思いついたように顔を上げた。何やら頬《ほお》が紅潮《こうちょう》していて、瞳《ひとみ》が珍しくやる気に満ちている。

「そういうことなら、優真《ゆうま》、今からデートしようかー」

「えっ、今から!? いきなりそんなこと言われても、プランも何も考えてないぞ!?」

「大丈夫だ、デートのシチュエーションなら漫画やアニメでいくらでも見ているからなー。それに物語のシーンを、実際にやってみるのって楽しいと思うんだー。うん、我ながらいい考えだー。やろー、やろー」

妙にわくわくしてると思ったら、そんなことを考えていたのか。ようするに、アニメや漫画のごっこ遊びがしたいということなんだろうけど——。

「それって本当に楽しいのか？ というか、そんなんでちゃんとデートができるのか？」

「まーまー、ここは私に任せてー。それじゃ行くぞー」

そう言うなり、あゆなは俺の手を引っ張って歩き出した。

それから、なし崩しにあゆなとの物語再現デートが始まった。

まず、あゆなは俺を公園に連れてきた。まだ日が高いので周囲に人はまばらに存在し、中には俺たちのような男女一組のカップルもいる。

「昔やってた少女漫画の『うつろなキッス』で、ヒロインが初めてデートするシーン。ここで手を繋《つな》いで、初々しい感じで歩けばそれなりに絵になるはずだー」

「……なるほど」

その漫画なら俺も読んだことがある。というか、小さい頃、興味ないのにあゆなに読まされた奴だ。おかげである程度内容は記憶にあった。

俺はその記憶通りに歩いた。あゆなも、俺にもたれてうっとりとした表情で歩いている。緑が生い茂る遊歩道の中を歩くのは、それなりに楽しかったし、俺たちと同じようにしているカップルもいるので、何となく本格的なデートをしている感じがしてきた。

と、視界の隅《すみ》に、自動販売機が見える。あゆなも気づいたらしく、そちらに、ててて、と早足で駆け寄ると、ペットボトル入りのジュースを持って帰ってきた。

それをこくこくと半分まで飲むと、すいっと俺に手渡す。

――うん？　飲めってことか？　あゆなが気を遣《つか》ってくれるなんて珍しいな。

俺は感心しながら、ありがたく残りのジュースに口をつけた。

不意に、照れたようなあゆなの声が聞こえてくる。

「これ……間接キスだよね」

「ぶふー!?」

内容にも、あゆならしからぬ口調にも驚き、俺は思わずジュースを噴き出してしまった。

眉《まゆ》をひそめて、元通りの声であゆなが言う。

「汚いなー、優真《ゆうま》」

「お、お前が突然、変なこと言うからだろ！　何だよ、間接キスって！」

飲み回しなんて昔から平気でやってたのに、どうして突然そんなことを言うんだ！

しかし、あゆなは少し得意そうな顔で続けた。

「今のは、女性向けライトノベルの『白夜の射手座《サジタリウス》』、そのヒロインの『美鈴《みすず》たかね』の台詞《せりふ》から抜粋したものだぞー」

「え、そうなのか？」

「うむ。まぁ、間接キスの指摘は、小説に限らない王道のイベントだけどなー。主人公が無理矢理《むりやり》奪い取って飲んだ後に指摘されるバージョン、逆にヒロインが飲んで主人公に指摘されるバージョン、両者は気づかなくて周囲から指摘されるバージョンなどもあるー」

「……やたら詳しいんだな」

そういえば、前に鷹華《ようか》も間接キスがどうとか言ってたっけ。あの時はよくわからなかったが、こうやって不意打ちで意識されると、何となくその効果がわかる気がする。

今の照れてみせたあゆな、ちょっと可愛《かわい》かったしな――。

「どうした、優真？　顔が赤いぞー」

「い、いや、何でもねぇよ。それより次は何するんだ？」

　このデートが――というより、サブカルチャー知識を使ったデートごっこだが――、少し楽しくなってきて、俺はあゆなに尋《たず》ねた。あゆなもどこか浮き浮きと「そうだなー」とつぶやき、周囲を見回していたが、やがて何かを発見して指をさした。

「次は、あそこにしよう」

「あそこって、ベンチがどうかしたのか？」

「私が座るから、優真は私の膝《ひざ》に頭を乗せて寝っ転がってくれー」

　それってつまり。

「ひ、膝枕《ひざまくら》か？　さすがにそれは恥ずかしいような……」

「何を言う、これもよく色々な媒体で使われるイチャつき方だぞー。私としては、『Visit』のメインヒロインと主人公の絡みでのシチュエーションが好きだけどなー」

「……どういうシチュエーションだ？」

「伝奇《でんき》系の恋愛ゲームなんだけど、最後の方で主人公が異能力を使いすぎて、ヒロインの膝の上で静かに消えていくんだー。感動的だぞー。優真、再現してくれー」

「できねえし、できたとしてもしたくねぇよ！」

　何でデートごっこで消滅しなくちゃいけないんだ！

　だが、あゆなはくすくすと笑うと、俺の手を引っ張ってベンチに向かった。

「消滅は冗談だけどー、膝枕《ひざまくら》はやるぞー。さあ、早く早く」

「あ、うん……」

あゆなの手が、妙に温かく感じる。いつも手どころか、全身を支えてやってるのに、まるで別人のような温《ぬく》もりに思え、俺は少し困惑した。

同時に、一つだけ納得する。

（ああ、あゆなって……ちゃんと『女の子』なんだな）

時々こぼれる笑みが、いつもの気怠《けだる》げな彼女のイメージを払拭《ふっしょく》し、とても華やかに感じる。小学校の時、よく俺にべったりとしていた時の、どこか子供っぽい笑顔とは別ものだ。

──俺たちはもう子供じゃないから、当然かもしれないが。

「まぁ、でもあゆなはあゆなだし、変に意識するのも何だかな」

俺はそんなことをつぶやいて、自分に言い聞かせると、ベンチの上で膝をぽんぽんと叩《たた》きながら「優真《ゆうま》、早くー」と急《せ》かしてくるあゆなの元へと歩み寄った。

その後も、あゆなのサブカルチャー知識をもとにした、デートの疑似体験は続いた。

風で飛ばされて木の上に引っかかった帽子《ぼうし》（わざわざ近くの売店で買って、わざと木の枝に引っかけた）を俺に取らせたり。

広場にある噴水《ふんすい》で、あゆながうっかり落としてしまったハンカチを、俺が拾ってやるシチュエーションを作ったり（本当に噴水に入らされたので、手足が冷たかった！）。ベンチの上でさっきとは逆に、俺があゆなを膝枕《ひざまくら》したり（あゆなが本当に眠りかけたので、慌てて起こした）。

すべてはあくまで『ごっこ』だが、『いちゃらぶ学科』の恋愛体験として考えても問題ない内容だろう。何より意外と楽しかったので、俺は大いに満足した。これならレポートにして提出することもできるかもしれない。

あゆなも満足したように、俺にうなずいてみせる。

「楽しかったなー。ちゃんとデートできたし……これで後一年は何もしなくても、割引で買い物したところで文句言われないなー」

「それはさすがに欲張りすぎだ、バカ」

俺はあゆなの頭を軽く小突くと、「えへへ」と笑う彼女を伴って家に帰ることにした。

——このことが、後々とんでもない事態に発展するとは、知る由もなく。

◯

「ええ!?　それじゃ昨日はずっとあゆなとそんなデートしてたの!?」

あゆなと公園でデートをした、翌日の休み時間。俺は教師に資料のプリントを運ぶよう頼まれて、手伝いを申し出てくれた鷹華《ようか》と一緒に、廊下を歩いていた。

その時に、何となく昨日のことを話したのだが、鷹華は想像以上に食いついてきた。

「ずるいじゃない！　あたしに断りなく、そんな本格的なデートをするなんて！」

「いや、そこまで本格的じゃないし……それに一人ずつデートするっていうのは決めてたんだ。次の番があゆなでも問題ないじゃないか」

俺が言っているのは、カナとデートをした後に皆《みんな》で取り決めたことだ。意外とうまくレポートがまとめられたので（そして特に再提出と言われなかったので）、これからも順番にデートをしていこう、ということに決めた。

次はあゆなにするか、鷹華にするか、それはまだ決めてなかったのだが、なし崩しであゆなの番になったので、鷹華はそれを怒っているらしい。

「だって、次こそはあたしがデートするって、色々とプランとか考えてたのに……」

「うん、何か言ったか？」

「べ、別に！　こっちに相談もなしで、勝手に順番決められたのが腹立っただけよ！　先を越されて残念だったとか、これっぽっちも思ってないんだからね！」

「お、おう、そうか」

確かに言われてみれば、鷹華に断りなしであゆなとデートしたのは、少し早計だったかもしれないな。そう思い、俺は鷹華に頭を下げる。

「悪かった。次は、お前ともちゃんとデートする——いや、あゆなやカナを相手にした時以上に、全力でデートするからさ。約束するよ」

「……！　ふ、ふーん、全力ね……まぁ、期待しないで待っておくわ」

そう言ってそっぽを向いてしまう鷹華。よく見ると、体が震えて耳まで真っ赤だ——うーん、これはまだ怒ってるのかな。俺がデートでの努力を保証したところで、腹の虫が治まらないのは当然といえば当然だが。

（いやでも、その割には口元がほころんでるようにも見えるけど……気のせいかな？）

俺がそんなことを思った、その時。

「おお、やっと見つけた！　君、武藤優真《むとうゆうま》くんだね？」

「え……あ、はい。そうですが」

突然声をかけられ、振り返った俺の目には、中年の男の姿が映った。白衣を身につけ、小太りだが、人の良さそうな顔つきをしている。見覚えはないが、教師だろう。

男は俺に対して、改まって自己紹介をした。

「私は地学担当の大宮《おおみや》だ。地学は『普通学科』『いちゃらぶ学科』共に、三年生になってからの科目だから、君たちとはまだ授業では接点がないがね」

「初めまして大宮先生。優真に何か御用ですか」

これは、鷹華が尋《たず》ねた。いつの間にかよそゆきの表情に戻り、優等生よろしく背筋をぴんとのばしている。余談だが、鷹華《ようか》は猫を被《かぶ》るのが上手《うま》い。教師や上級生相手だと、よほどのことがない限りすました態度で取り繕えるのだ。

実体は、結構わがままで、子供っぽいところも多いんだけどな。一度そのことを指摘したら、「誰が子供よ!」とふくれてしまった。そういうとこだぞ。

閑話休題《かんわきゅうだい》。その『猫』に騙《だま》された大宮《おおみや》先生は、毅然《きぜん》とした言動に感心したように目を細めると、言葉を続けた。

「実は私は、『いちゃらぶ学科』の視察担当者の一人でもあるのだ」

「しさつたんとうしゃ?」

「平たく言えば、町を見回り、『いちゃらぶ学科』の生徒がちゃんと『いちゃいちゃ』してるかどうか調べる役員だ」

俺は「えっ」と絶句した。そんな担当の教師がいるとは、今まで思わなかったのだ。

「じゃ、じゃあ、俺たちのデートとかって、その視察担当者に見張られているってわけですか? うわぁ、何かやりにくいなぁ」

「安心したまえ、四六時中生徒を見張っているわけではない。ただ、時々、行きすぎた行動をしていないか、もしくは、『カップル割引』だけを目当てに適当なデートをしていないか、調査しているだけだ」

後半に覚えがありすぎて、俺は「うっ」と口をつぐんでしまう。まさか、そのことで注意しに来たんじゃ……。

だが、大宮先生は相好を崩すと、俺の肩をぽんぽんと叩《たた》いた。

「昨日のことだが、君、なかなか素晴らしいデートをしていたね」

「へ、何の話です？」

「隠さなくてもいい、昨日公園でしていたデートだよ」

「あ、ああ……あゆなとの、あれですか」

「うむ。あのデートを見た後、君たちのことを調べさせてもらってね。当学園でも屈指の『CFレベル』を持つ、特別な学生と知った。それで、あのような様々なイベントに富むデートもできるのだと、納得したよ。まるで恋愛漫画や小説を見ているようだったね」

すみません、漫画とか小説とかが元なんです、そのデート。

だが、大宮先生は俺たちのデートを完璧《かんぺき》だと取ってしまったらしい。フィクションのデートに惹《ひ》かれるとか、意外と乙女チックな思考回路の持ち主のようである。その先生は、ふと表情を引き締《し》めると、俺の顔を覗《のぞ》き込《こ》んできた。

「その完璧なデートをこなしていた君に、今日は提案があって来たのだ……どうだろう、『お泊まりデート』に挑戦してみる気はないかね？」

「はぁ？　お泊まりデート？」

「うむ。その名の通り、男女が一つ屋根の下で一夜を明かすというデートだ。より親密な関係になったと見なされ、『ベストカップル』に選ばれる可能性が高くなる」

何か、えらいことを言ってきたぞ!?

「え、ええ……でも、それってちょっと問題があるんじゃないですか？　一つ屋根の下に、年頃の男女が二人きりってことですよね？」

「倫理的に見ればそうだが、『恋愛』を推奨する学園としては正しい姿勢なのだよ。もちろん、行き過ぎたことをすれば学園的にも対処しなければならないが……それがゆえに、これを提案できるのは、よほど信頼できる生徒に限られる」

つまり俺たちはかなり信頼されてるってことか。それは嬉《うれ》しいけど、でも一つの屋根の下だしなぁ……俺がそんなことを考えていると、ふと鷹華《ようか》がジト目で見てきた。

「……何、優真《ゆうま》？　ひょっとして問題を起こすつもりがあるの？」

「い、いや、そんなつもりじゃねぇよ。ていうか、心の中を読むのやめてくれないか？」

「ふんだ、わかりやすい顔してる優真が悪いの」

そんなことを言いつつも、鷹華は俺の味方であるらしく、大宮《おおみや》先生を静かに見据えた。

「先生、あたしも優真のパートナーであるので言わせていただきますが、お泊まりなんて、その、早すぎると思います」

「そうかな。私は先ほども言った通り、武藤《むとう》くんには信頼をおいているんだがね。でなければ、こんな提案はしないよ。それに……」

「それに？」

「それに、武藤くん。実は君のパートナーからはすでに快諾《かいだく》を得ているんだ」

「へ、それってどういう……」

俺が目を瞬《またた》かせると、廊下の曲がり角からひょっこり人影が現れた。

あゆなだ。どこか照れくさそうに笑いながら、俺に向かって言った。

「大宮先生から話は聞いてあるー。『お泊まりデート』、頑張ろうな優真ー！」

「はぁ⁉」

俺は思わず絶叫すると、同じように驚いたらしい鷹華と顔を見合わせるのだった。


「ふむ、『お泊まりデート』、ですか」

「私としては、問題ないと思うのですが」

城島《じょうしま》学園長の問いかけに、自信たっぷりとばかりに大宮先生がうなずいた。

あの後、俺とあゆなは学園長室に連れてこられ――鷹華は不満そうながら資料を全部職員室に運ぶことを引き受けてくれた――『お泊まりデート』の許可を取りに来たのである。

しかし学園長は、『お泊まりデート』に対して珍しく慎重なようだった。俺たちの方を、ためつすがめつするようにして、そして首を傾《かし》げる。

「本来なら、それなりに責任を果たせるようになる三年生、しかも一八歳以上に推奨されるデートコースですよ。それを一年生にやらせるとなると……」

「お言葉ですが、学園長。彼らは信頼できると思います。それに、『CFレベル』の高い生徒なのでしょう？　多少のリスクは負ってでも、積極的に支持するべきだと思います」

「……確かに、一理ありますね」

学園長はうなずくと、ふと眼鏡のつるをいじった。ピピッ、という音がして、何やら納得したようにうなずく。

「『CFレベル』も、両者とも約一三五〇〇――多少ではありますが、この短期間で上昇しているようですね。確かに、想像以上の逸材と言えるでしょう」

「え、その眼鏡って『CFレベル』計測できるの？　スカ○ターみたいなもんなの？」

『CFレベル』の上昇より俺はそのことが気になった。もしそうなら、ハイテクすぎる。

学園長は眼鏡を外して、示してみせた。

「世界でも最高峰の科学研究所に、理事長が特別発注したものです。対象の『CFレベル』を、一〇〇単位と大雑把《おおざっぱ》にですが、計測することができます」

「……理事長、金ありすぎだなー」

あゆなが呆然《ぼうぜん》とつぶやき、俺も同様にうなずいた。「幼なじみ尊《とうと》い！」ってだけで、こんな最新鋭の技術を駆使《くし》し、さらに学園を作り、生徒のデートのために投資して町の施設を充実させるとは。一体、どんな道楽者なんだ。

だが、今はそんなことを考えていても仕方ない。俺は改めて、学園長に問いかけた。

「それじゃ、結局俺たちは『お泊まりデート』をすることになるんですか？」

「そうですね。問題はないと思うのですが、しかし、不安は残るところです……問題があった場合、学園の、ひいては学園長である私の責任にされますから……生徒の人生はともかくとして、これは由々《ゆゆ》しき事態ですね」

「……懸念《けねん》の理由が、清々《すがすが》しいくらいに自分本位で最低だな」

本当にこの学園長は、ずばずばと本心を隠さず言うな。ある意味、正直者と言えなくもないけど。

と、その学園長は思いついたように手を叩《たた》いた。

「ああ、そうです。あれがありました」

机の引き出しを開けて、何やら手のひらサイズの四角い物体を取り出す。

あゆながそれを見て、首をかくんと傾《かし》げる。

「何だこれー？」

「携帯自衛装置です。眼鏡を作った研究所にもらいました。有事の際に対象に向けてボタンを押すと、不快な指向性音波が直撃して相手を苦しめ、次いで電撃が放出されて気絶させ、とどめに大量のボールベアリングを音速で撃ちだし肉体を損傷させます」

それ自衛装置というより、ただの殺人兵器じゃないか⁉

「これを御影《みかげ》さんに貸与《たいよ》しましょう。いざという事態に使ってください」

俺は震えながらあゆなに手渡される四角い箱を眺めた。えらい凶器が渡ったものだ。いや、いざという事態を起こさなきゃいいだけだが、それでもすごく怖い。

（これは、絶対に、何がなんでも間違いを起こさないようにしないと……！）

俺は自分に誓いながら、楽しそうに装置をひねり回すあゆなを見つめるのだった。

〇

放課後、『お泊まりデート』は開始された。

自宅のリビングにて、俺はソファーの上で緊張に強《こわ》ばる顔を両手で叩《たた》くと、隣にちょこんと腰掛けるあゆなを見た。

「なぁ、あゆな」

「何だー？」

「『お泊まりデート』って何をすればいいんだろう……俺、何も考えてないんだけど」

あゆなが携帯自衛装置を受け取った後、俺は学園長と大宮《おおみや》先生に、今日『お泊まりデート』を決行すると宣言した。殺人兵器のプレッシャーにどうしても耐えられなかったのだ。

こんな危険なイベント、さっさと終わらせるに限る――が、いざ始めてみると、何の計画も立てていないことに気づいた。これじゃ、デートにならないじゃないか。

俺が焦っていると、ふとあゆなが胸を叩いた。

「まあ、任せろー。その辺はちゃんと、家で着替えた時に調べてきたからー」

「へぇ、いつの間に」

誇らしげに言う幼なじみに、俺は感心した。こいつにしては珍しくやる気に満ちあふれている。そういえば服装も、いつものよれよれなシャツとスカートではなく、洒落《しゃれ》た衣装を身につけているし、今日のあゆなはひと味違うようだ。

俺は期待に満ちた目で、あゆなに尋《たず》ねた。

「それで、あゆな。まずは何をするんだ？」

「えーとだなー……とりあえず、一緒に寝る」

「ぶふーっ！」

「……汚いぞー、優真《ゆうま》。リアクション大きすぎー」

「いやいやいやいや、俺は何も悪くねぇよ!?　というか、そのアイデアもねぇよ!?」

一緒に寝るって、要するにあれってことだよな!?

「いくら何でも、それは危険すぎる！　というか、『いちゃらぶ学科』の『実習』でやるような内容じゃない！　あと、それがダメだから、お前も自衛装置を渡されているんだぞ！」

「むぅ、この方が手っ取り早いのにー」

物騒なことを言い出すあゆな。何だこの異様ながっつき具合は——ひょっとして、自衛装置が必要なのは俺の方じゃないんだろうか。

だが、あゆなはへこたれず、持ってきたトートバッグを手元に引き寄せる。

「なら、プランBだー。アニメ映画のBDを持ってきたから、これを一緒に見ようー」

「……なぜそれが、プランAで出ないのか」

だが悪くない考えだ。前に見たドラマでも、恋人同士で家で映画のBDを見ていた気がするし。しかも、無難に時間をつぶせる。

後は、なるべくあゆなと『いちゃいちゃ』するように心がけることだが——恥ずかしいけど、手を繋《つな》いだり、体を密着させて見るしかないだろうな。

俺がそんなことを考えている間にも、あゆなはてきぱきと、こいつには似合わないスピードで映画——パッケージを見てみると、最近ハマってる例の戦車アニメの劇場版だった——の用意をした。それから、不意に俺のもとに戻ってくると、

「優真《ゆうま》ー、そこにあぐらだー」

「うん？　こうか？」

「えい」

言うなり、いきなり膝《ひざ》の上に座ってきた。俺が驚きの声を上げる暇もなく、身を沈めて密着してくる。腰の方に、柔らかい尻の感触が伝わってきて——ちょっと、これはさすが

に、色々とまずい気がするんですけど！

「お、おおおお、おい、あゆな、いきなり何を!?」

「何って、家でのデートなんだろー。なるべく『いちゃいちゃ』しないと」

「い、いや、だからって、この体勢は、密着しすぎじゃ……」

何か、体のあちこちがむずむずする。小さい時ならともかく、今になってこのくっつき方は危険だ！　もう、互いに色々と育っているわけだし。

だが、あゆなは気にしないように、俺の肩に手を回してきた。

「我慢だ、我慢ー、映画が終わるまでこのままでいくぞー」

本当に今日のこいつは、妙にぐいぐいとくる。俺は困惑しながら、ぼやいた。

「マジか……勘弁してくれよ」

その間にも、リビングに設置されたゲーム機がうなり声をあげる——ＢＤプレイヤーとして使っているのだ。そして、テレビに映像が映し出されようとするその瞬間、あゆながもぞもぞと姿勢を正した。

スカートごしに、何かの谷間が股間をこすってくる。俺は悲鳴を上げそうになった。

いや、これはまずい、本当にまずいって！

こうなったら、あゆなを何とかどけて——そう考えた、その時。

「ちょっと、優真《ゆうま》いる!?」

「お邪魔しまーす」

聞き覚えのある声が響いてきた。俺は慌ててあゆなを渾身《こんしん》の力で――しかし、やんわりと――床に降ろすと、立ち上がって玄関の方へと駆けていった。

果たしてそこには、私服姿の鷹華《ようか》とカナが立っていた。

「な、何だ、お前ら！　何でここにいるんだ⁉」

「うん、鍵がかかってなかったからね。勝手に上がらせてもらったんだよ」

「いや、俺が言いたいのはそういうことじゃなくてだな……えっと、今この家は微妙に関係者以外立ち入り禁止というか……鷹華、今日のデートのことカナに説明してないのか？　伝言頼んだよな？」

「失礼ね、ちゃんと言ったわよ」

「だったら、二人とも知ってるんだろう？　今日は、あゆなと二人でお泊まりデートなんだよ。それなのに、何で二人とも家に来てるんだ？」

正直な話、あゆなから離れることができてほっとしてはいたが、俺はこの状況を手放しでは喜べなかった。学園長と「問題は起こさない上で、あゆなと『二人きりで』お泊まりデートしてみせる」と約束したんだ。今、部外者を家に上げたらそれが反古《ほご》になってしまう。

だが、カナは家に上がってから靴を綺麗《きれい》に並べつつ、にっこり笑って言った。

「大丈夫だよ、優真《ゆうま》。学園長にお墨付《すみつ》きをもらったんだから。『夜九時までなら一緒にいてもいい』って。ただし、行動に一切の妨害《ぼうがい》はしないのと、九時を過ぎたら二人きりにさせるのが条件だけどね。デート自体は邪魔しちゃいけないから」

「どうせあんたのことだし、あまり深く考えないで今日のお泊まりデート実行しちゃったんでしょ。それじゃ間が持たないだろうし、賑《にぎ》やかしとしてしばらくいてあげるわ……後は、その、変なことにならないように見張ってもあげるから……感謝しなさいよ」

「じゃあ、二人とも、少なくとも九時までは一緒にいるのか？」

「ま、そういうことね」

鷹華《ようか》がうなずくのを見て、俺は目を瞬《またた》かせたが――次の瞬間、へなへなと膝《ひざ》をついた。

彼女たちの言葉に、心から安堵《あんど》したのである。

「助かる！　正直、二人きりで家デートって、微妙に気まずかったんだよ……あゆなも何だか妙に積極的だし！　ちょっとの間だけでも、いてもらえると嬉《うれ》しい！」

「……優真、その発言は正直どうかと思うよ」

「……へたれすぎ」

カナの苦笑と、鷹華の冷たい視線が俺に刺さったが、かまうものか。今は少しでも間違いを犯さないための、監視の目がほしかった。

俺は早速二人をリビングに招き入れると、あゆなに事情を話した。あゆなは、ふむふむ、とうなずいていたが、やがて一言、こう言った。

「構わないぞー。リラックスできる環境の方が、優真もやりやすいだろうからなー」

──見抜かれている。

「それと、九時を過ぎたら帰るんだぞー。あくまで、私と優真のデートだからなー」

──そして主張するところは、ちゃんと主張している！

（あゆなの奴《やつ》、本当にいつもより積極的だな。無気力の権化《ごんげ》みたいなこいつが、一体どうしたっていうんだ）

俺が考え込む間にも、あゆなは再び俺にあぐらをかかせてその上に座り込み──微妙に鷹華とカナの眉《まゆ》がひくついていたのが気になった──改めて映画の鑑賞へと移った。


それからは、楽しい時間が過ぎた。

『お泊まりデート』のことがなければ、いつもの面子《メンツ》でホームパーティを開いているようなもんである。

ただ、今日はあゆなが本当に積極的で、そのことだけが引っかかるのだが。

例えば映画を鑑賞した後、夕食にしようという時に、いつの間にか席を立っていたあゆなが料理を始めた。鮮やかに包丁を動かし、手際よく煮物を作っていく様子を見て、俺のみならず、鷹華もカナも目を丸くする。

やがて食卓に並べられた料理を口に運び——全員で一斉に「美味《うま》い！」と叫《さけ》んだ。

「本当に、これ美味《おい》しいよ！　あゆなちゃん、いつの間に料理の練習したの」

「前に、カナが作ってたの見てたからー。何となく覚えたー」

「え……見ただけで、こんなにできるんだ……ふーん」

「……ふ、ふふふん。やるわね、あゆな。あたしのライバルになれるわよ」

「……ちょっと図々《ずうずう》しすぎませんかね、目玉焼きを爆発させた身としては」

肉じゃがをつつきながらの鷹華《ようか》の発言に、俺は思わずツッコミを入れた。

食事をしている間も、あゆなは積極性を発揮し、俺に向かって箸を向けて「あーん」と食べさせてくれた。こいつとは長い付き合いだが、一度もこんなことしてもらったことはない。むしろ、給食の時間にひな鳥よろしく「頼むー」と口を開けるあゆなに、俺が「しょうがねぇな」と食べさせてあげてたくらいだ。

その時とは役割がまったく逆なわけで、何となく気恥ずかしさを感じながらも、俺は料理を食べさせてもらった。美味い。何か自分で食べるよりいっそう美味い気がする。

「ずるいよ、優真《ゆうま》。一度も『あーん』てやらせてくれたことないくせに」

「ふっふっふ、勝ったわね。あたしは昔風邪のお見舞いの時におかゆ食べさせたことあるもん。弱ってて『しばらくここにいて』って訴《うった》える優真、可愛《かわい》かったわよ」

「ええっ、じゃあわたしだけ未体験なの!?　不公平だよ、優真。今度風邪引いて！」

「無茶《むちゃ》なことを言うなよ……」

何か話が変な方向に盛り上がったが、その間もあゆなは無言で調味料を渡してくれたり、言われる前にお茶を淹《い》れてきてくれたり、献身的《けんしんてき》な甲斐《かい》甲斐《がい》しさを見せてくれた。

そうして、食事の後に明日の宿題もやっておこうということになった。

「優真ー、私のぶんも頼んだぞー」

いつものあゆななら、こう言ってだらだらとだらけて終わる。

今日は違った。どこに隠し持っていたのか、ブラウスにタイトスカート、眼鏡といった家庭教師ルックに身を固めると、俺の勉強の指導に移ったのである。

「ほら、ここ間違ってるー。$2x^2$ の後にくる $5x$ がプラスなんだから、後ろの数字も足してプラスになる組み合わせを考えるべきー」

「ここは先に共通する $3x$ で割ってから、中の x^2+3x+2 を因数分解するんだー」

その教え方の上手《うま》さは、学年でも成績がトップクラスである鷹華をしのぐほどだ。

「うん、これは認めるわ。あたしより手際いい。しかも持ってる消しゴムも可愛い！」

満足げに言って、あゆなが持ってきた『豚さん型消しゴム』に頰《ほお》ずりする鷹華。認めるポイントそこなんだ、とは思ったが、あえて口には出さなかった。

代わりにカナがにっこり笑いながら言う。

「あゆなちゃん、本気出したらこの中で一番頭いいかもしれないね。びっくりしたよ」

「驚く暇あるなら、さっさとやるー。優真《ゆうま》のついでに、カナも教えてあげてるんだからー」

「……お手数かけます」

ちなみにカナはこう見えて、学年でもあまり大したことのない成績だ（控えめな表現）。この時のあゆなも積極的で、何かと俺の体に触れたり、自分の体を押しつけたりしてきた。やっぱり、なぜかはわからないが、鷹華《ようか》とカナの目が冷たい。

（これじゃ、あまりリラックスできないじゃないか）

俺はそんなことを思いながらも、それでも人が多い方が気が楽だったので、余裕をもって過ごすことができた。

しかし、楽しい時間は過ぎていくのがあっという間で——いつの間にか時刻は、鷹華とカナが家にいられるタイムリミット、夜九時を迎えていた。


（何か、また落ち着かなくなってきたな）

俺はそんなことを考えながら、ぼんやりとテレビ画面を見つめていた。中では所狭しとゲームのキャラクターが暴れ回っている。俺とあゆなでゲームをしているのだが、まったく集中することはできなかった。

隣に座っているあゆなが、ぴっとりと体を寄せているせいだ。相変わらず柔らかい部分を押しつけて。

先ほどシャワーを浴びてきた体からは、石鹸《せっけん》のいい匂《にお》いがしていた。格好も薄いパジャマだけで、何となく落ち着かなくなる。前に起こしてもらった時のカナを思い出した。

（気まずい……いくら相手があゆなだからって、こうも女であることを積極的にアピールされると、さすがに色々ともたない気がする……気合いを入れて耐えないと！）

俺はどこか麻痺《まひ》したような頭の隅《すみ》で、自分を必死に叱咤《しった》した。

何となく時計を見る。鷹華とカナが帰ってから、もう一時間が経《た》っていた。

『あゆなに変なことしたら、承知しないからね』

帰り際に、鷹華はたっぷりと脅《おど》しをかけてきて、カナは俺にティーバッグを渡してきた。

『これ、大宮《おおみや》先生に渡されたの。精神を落ち着ける効果があるハーブティだって』

これはありがたいと、そのお茶をずっと飲んでいるのだが、あまり効果があるように感じられない。むしろ、何かこう、体が熱くなってきているような――。

「なー、優真ー」

「お、おう！」

いきなりあゆなに声をかけられたので、俺は思わずうわずった声を上げた。

だが、あゆなは気にせず、あくびをかみ殺して言う。

「今日はもう寝ようかー。色々と遊んだしー、レポート書くには充分だろー」

「あ。そ、そうだな」

俺は安堵《あんど》しながらうなずいた。せっかくの『お泊まりデート』なのに、映画やゲームをしたくらいであっさり終わっていいのかという疑問も浮かんだが、すぐに頭から追い払った。ここらで終わっておかないと、自分が何するかわかったもんじゃない。

「客室借りるぞー。布団はいつものところだろー？」

「ああ」

「じゃあ、お休みー」

「おう、お休み」

少しだけ落ち着きを取り戻して、俺はリビングから出て行くあゆなに手を振った。自分も立ち上がり、いつもよりぬるめのシャワーを浴びて妙に火照《ほて》った体を鎮める。

その後、二階の自分の部屋に戻った。このまま寝てしまうのがいいだろう。そう言い聞かせて、ベッドに潜り込んで目を閉じる――――。

と、夢の中へとまどろむその直前、ふと何者かが部屋に入ってくる気配を感じた。

それは、掛け布団を少しめくり上げたかと思うと、素早く中に入ってくる。

「え……」

「少し考えたんだけどー……やっぱり、一緒に寝よー。優真《ゆうま》ー」

「え、ええっ？」

声の主――こちらをじっと見つめるあゆなに向き直り、俺は驚きの声を上げた。

「な、ななに言ってるんだ、それはダメだって前に言っただろ！　その……仮に、間違いとか起きたら、どうするんだよ!?」

「うむ。だからこそチャンスなんじゃないかー？」

「……どういう意味だ？」

「つまりだなー。間違いもなく一緒に朝まで寝ていれば、それはすごくレベルの高い『いちゃいちゃ』になると思うー。それをレポートに書こう。大丈夫、カメラを設置して撮影しておけば、間違い犯してないって証明できるからー」

いやいや、だから間違いが起きたらどうするんだよ！　エキセントリックな映像が撮影されてしまうんだぞ！

しかしあゆなは一度布団から出ると、ビデオカメラ――リビングから持ってきたらしい――を、本棚のベッドが見える位置に設置し、また戻ってきてぴったり俺に寄《よ》り添《そ》う。

いや、くっつくだけじゃない。正面から腕を回し、ぎゅっと抱きついてきた。

「お、おい！　何か密着しすぎじゃないか、あゆな!?」

「うん……何か妙に興奮して……大丈夫、こうしてるとちょっと落ち着くから」

俺が大丈夫じゃねぇよ!?

あわわわ、と慌てつつも、理性の片隅《かたすみ》で「やっぱり、二人そろって体調が変だ」と俺は判断していた。このままでは、間違いなく間違いが起きてしまう。どうにかしてあゆなを説き伏せないと。

「そうだ、あの自衛装置。あれ持ってきてるのか？　もし、いざとなったら……」

「ああ、あれ……家に置いてきてあるけど」

「何てことしてくれてるんだ！　あのさ、俺だって男なんだぞ……間違いがないとは限らないんだ。もっと自分を大切に……」

だが、返ってきたのは迷いのない声だった。

「大丈夫……優真《ゆうま》だから」

「え？」

「私のこと、いつも大切にしてくれてるから……絶対に大丈夫」

「あゆな……」

その言葉に、俺は小さく息を吐いた。体の熱が急速に下がっていくのがわかる。

あゆなはずるい。ここまで信頼を寄せられれば、応《こた》えるしかないじゃないか。

幾分か冷静さを取り戻した俺は、あゆなを見つめる。目と鼻の先に、いつもの眠そうな──だが、愛らしい少女の顔があった。

「……一つ聞いていいか」

「何だー？」

「どうして、今日はやけに積極的なんだ？　『お泊まりデート』にあっさりと乗ったのもそうだし、すごく『いちゃいちゃ』アピールしてきただろう？」

あゆなはその問いに少し考えてから、ふと思い切ったように口を開いた。

「『ベストカップル』のため……」

「え？」

「『ベストカップル』に選ばれるのは、一学年で一組だけ……だから。これに選ばれるために、今からでも少しずつアピールする必要があるって思った。そのために、『お泊まりデート』を利用して、普通の生徒よりも凄《すご》くいちゃいちゃしているレポートを仕上げて、学園側にアピールしようと思ったんだ……」

俺は驚いた。まさかあゆなが、そこまで『ベストカップル』にこだわっているとは思わなかったのだ。何となく「選ばれればラッキー」程度に考えてると思っていたのだが。

「そんなにまでして、『ベストカップル』に選ばれたいのか？」

「うん……私は選ばれたい。だって……」

ここで、あゆなはふと俺の目を見た。

潤み揺《ゆ》れる瞳《ひとみ》で。俺も、真《ま》っ直《す》ぐに、それを見つめ返す。

――やがて、みずみずしい唇が、ゆっくりと開かれた。

「だって……一生、楽して生きたいから－」

「はぁ？」

「『ベストカップル』に選ばれれば、何でも願いを叶《かな》えてもらえるー。『幼なじみ学園』の財力を考えれば、私一人を一生養うことなどきっと造作もないことー」

「…………………」


俺は少し待ってから、改めて尋《たず》ねた。

「それだけ、か？」

「それだけ、だけどー？」

「……だあああああっ！　お前は、本当に、ブレないなっ！」

俺は叫《さけ》ぶと、指をわななかせてあゆなをにらみつけた。

いや、そりゃ確かに、こいつとは本物の恋人でも何でもないから、『ベストカップル』にこだわる理由なんてその程度でいいんだろうけど——それにしてもドライすぎるだろ！

「結局、俺は踏み台か！　今まで積極的だったのも、全部自分のためなんだな、えぇ!?」

「……いやだって、私は最初からそれが目的だって言ってるじゃんー。楽するために、『いちゃらぶ学科』に入るってー」

「そりゃまぁ、そうだけどさぁ……」

今まで、妙に意識していた自分がもの悲しくて、俺は何となくため息を吐《つ》いた。

と、そんな俺の顔を見つめつつ、あゆなが問いかけてくる。

「ダメかな……？」

「え、何が……」

「私の人生のために、協力してもらうの……優真《ゆうま》が辛《つら》いなら、やめてもいいけどー」

いつもと違う、ちょっとおずおずとした声。

それは小学校のころと変わらない。何かとあれば俺に頼るくせに、時折こんな不安そうな顔と声を出していた。

そのたびに何となく放っておけなくて、そして頼られるのが嬉《うれ》しくて——俺はあゆなにお願いごとをされては、苦笑を浮かべて何度もこう言った。

「しょうがないな。わかったよ」

「え？」

「協力してやる。お前が『ベストカップル』に選ばれるように」

「本当かー⁉」

あゆなが笑った。小さい時と同じように、寂しさから解放されたような笑顔で。

俺はその髪を優しく撫《な》でながら、しかし釘《くぎ》を刺すのも忘れなかった。

「ああ、ただ……俺はカナや鷹華《ようか》のパートナーでもあるからな。あいつらにも同じくらい協力はするぞ。お前だけ特別ってわけにはいかない。そのことだけは忘れるな」

「……そんなー」

むすー、とふくれるあゆなの頭を再び撫《な》で、俺は笑った。もう、体の熱なんて、どこかに行ったようだ。あゆなも、もぞもぞしていたのが収まっている。

「さてと、それじゃそろそろ寝るか。考えてみたら、小さい時は一緒に昼寝なんてしょっちゅうしてたし、今さら怖《お》じ気《け》づくこともないな」

「うむ、言われてみれば、それもそうだー」

「じゃぁ……お休み」

そして俺たちは並んでベッドに寝転がると、一緒に眠りについた。

(結局、意識しすぎだったな。昔と同じように扱えば良かったんだ。あゆなは、あゆななんだから……間違いなんて起きるはずがない。これから先も、ずっと)

意識が落ちる寸前、俺はそんなことを考えていた。


翌朝。隣を見ると、あゆなはいなかった。

(今日も学校だし、一度家に帰ったのかな)

そう思いながら立ち上がり、うん、とのびをする。

昨日の熱はどこへやら、かなり清々《すがすが》しい気持ちだった。寝る前に、あゆなに対する自分の思いが、しっかりと定まったからかもしれない。

必要以上に異性を意識しない――それは、他の幼なじみたちに対しても言えることで、俺はあゆな、それに鷹華《ようか》、カナと、性別を超え、友人として付き合える自信を持った。

「さてと、俺も学校に行く準備しなくちゃな」

俺は静かにつぶやき、着替える前にまずは顔を洗うことにした。

一階に降りて洗面所へと向かい、その扉を開ける――。

「「え？」」

声が重なった。俺と、もう一人の声が。

俺は目を瞬《またた》かせた。脳が思考を拒否する。何しろ、そこに立っていたのは一糸まとわぬ姿の、あゆなだったからだ。

「…………………」

いや、何で？　何であゆなが裸でここにいるんだ？

ふと、謎《なぞ》は氷解した。風呂《ふろ》場の扉が開いていたのだ。昨日寄《よ》り添《そ》って寝たことで、少し汗をかいたのだろう。シャワーを浴びたらしい。

俺が状況を分析している間にも、あゆなはマジマジとこちらを見つめてきた。一言も言葉を話さない。正直、これは気まずいなんてどころの騒ぎじゃない。

（いや待て、落ち着け。昨日理解したじゃないか、昔のように接すればいいって！　ここで下手に異性を意識すると、きっと気まずくなるぞ！）

俺はそう判断すると、まずは緊張した空気をほぐすために微笑を浮かべ、何気ないようにあゆなに向かって片手を挙げた。

「よ、よう、あゆな。悪い、お前がいるとは知らなくて……」

次の瞬間。

「きゃあああああああああああああっ！」

「うおっ!?」

今まで聞いたことのない、甲高《かんだか》い悲鳴が、あゆなの口から飛び出した。

彼女は腕で体を隠しながら、その辺にあるものを俺にぶつけてくる。

「イ、イヤだぁ！　出てけ、優真《ゆうま》のバカー！　鬼畜《きちく》ー！　変態ー！」

「うぉ、痛っ！　ちょっ、あゆな、待ってくれ、俺はただ……」

「こっち来るな、バカぁ！　うっ、うっ……うわあああん！」

や、やばい、とうとう泣き出した！

（まずい、さすがにこれは、対応に無理があったか!!）

俺はすぐに「ご、ごめん、その」と謝りかけた。が、泣き続けるあゆなは聞く耳すら持たないようだ。どうしたらいいかわからず、俺はおろおろとその場でまごついてしまう。

まずはどうにかして、泣きやませないと。そんなことを考えた時。

「……優真《ゆうま》、何してるの？」

後ろから、静かな声が流れた。ぎくり、と振り返ると、そこには目をつり上がらせている鷹華《ようか》、張り付いたような笑みを浮かべているカナがいる。

どうしてここに、と目線で問いかける俺に、二人は人を殺せそうな低い声で応じた。

「二人の様子が気になって、鷹華ちゃんと一緒に見に来たんだよ……そうしたら、これはどういうことなのかな～？」

「一〇秒数えるうちに、答えなさい！　そうすれば、楽に死なせてあげるわ！」

笑顔が黒いカナに、拳《こぶし》を鳴らしてくる鷹華。二人とも殺気をまき散らしながら、俺に向かってずんずんと詰め寄ってくる。はっきり言って怖い。

「い、いや、これは、あの、その……！」

何をどう説明したらいいのかわからず、俺はうろたえ続ける。

やがて二人は俺をにらみつけたまま、腰に手を当てると、大きく息を吸い込んだ。

「「とにかく、ここから出て行きなさい！」」

「は、はいぃっ！」

迫力たっぷりの叫《さけ》び声に、俺はやっと我に返り、ダッシュで洗面所から飛び出した。

その後、リビングでみっちりと鷹華とカナの説教を正座で聞かされながら、俺はようやく泣きやんだあゆなに土下座で謝罪し続けた。

おかげで家を出るのは数時間も後のことになり——俺は目をうつろにさせながら、「やっぱり、何でも昔のように接するのは無理だなぁ」としみじみ反省し、何とか機嫌の治ったあゆな、それに鷹華、カナと共に、大遅刻決定の学園へと向かった。

◯

[side：another]

薄明かりが支配する部屋の中で、複数の人間が輪になるようにして立っていた。

全身をローブで覆い、フードを目深に被《かぶ》った者たちだ。体のラインでかろうじて性別がわかるが、それ以外は年齢も表情も見当がつかない。

「では、『お泊まりデート』を利用して問題を起こさせ、彼らを退学に追い込む作戦は失敗に終わったのだな」

金糸《きんし》をちりばめた、もっとも豪奢《ごうしゃ》なローブを身にまとった男がつぶやいた。

近くにいた二人のローブ姿が、かすかに頭部を動かす。

「はい、首領《しゅりょう》。残念ながら——『学園』の生徒である会員が大宮《おおみや》教諭が渡そうとしていた、精神安定の効果があるお茶を、密《ひそ》かに興奮剤入りのお茶にすり替えたのですが……効果はありませんでした」

「無念です。あの興奮剤はかなり効き目が強いはずですが、例の生徒たちはそれを克服したようで――」

その報告に、首領《しゅりょう》と呼ばれた男はしばらく黙っていたが、やがて両腕を広げると言った。

「高い『CFレベル』を持つ、学園を代表するようなカップルか。前々から情報は仕入れていたが、厄介な奴《やつ》らがきたものだ――もし彼らが学園のシンボルとして大々的に宣伝され、『幼なじみ学園』が全国に影響を与えるほどの力をつければ、やがて日本は幼なじみカップルで埋め尽くされるかもしれん。それだけは避けなければならないのだ」

そして振り返り、この場にいる面々の顔を見回すと、声を張り上げて叫《さけ》んだ。

「幼なじみの恋愛など、愚《ぐ》の骨頂《こっちょう》！　この世界は、等しくボーイ・ミーツ・ガールで形成されなければならない！　そのために、我々は立ち上がったのである！　故に諸君、彼《か》のカップルを妨害《ぼうがい》せよ。そして学園の代表から引きずり下ろすのだ――すべては我ら、『ミーツ会』のために！」

その拳《こぶし》を握っての力説に、一同は姿勢を正して片手を挙げると、「『ミーツ会』のために！」と唱和《しょうわ》するのだった。

[side : another end]

第四章　八年越しの思い

[side：another]

優真《ゆうま》たちの暮らす町の一角には、巨大な洋風の屋敷が建っている。

その中にある部屋の一室にて。鷹華《ようか》はカーテンから漏《も》れる陽光を浴び、目を覚ました。

「うーん……」

寝《ね》ぼけ眼《まなこ》をこすりながら、天蓋《てんがい》付きのキングサイズのベッドから身を起こす。周囲にはクマ、キリン、ゾウなど様々な動物のぬいぐるみが積まれていた。

彼女が周囲を見回すと、見慣れたいつもの自室だ。六〇畳《じょう》の広さの部屋に、クローゼット、書き物机、シャワー室、本棚、ピアノ、その他諸々《もろもろ》が備え付けてあった。

と、隅《すみ》の扉がノックされて、複数の女性の声が響く。

「お嬢さま、お目覚めでしょうか？」

「起きてるわよ、ご苦労さま」

「左様でございますか。朝食の準備が整っております、お持ちしましょうか？」

「いいわ、食べに行くから」

鷹華は答えながら、寝間着を脱ぎ捨てて、クローゼットから制服を取り出して着替えた。

ふと、何かを思いついたように書き物机に近づくと、引き出しを開いて中をまさぐる。

取り出したのは一葉の写真だった。小さな女の子と男の子が並んでいる。女の子ははにかみ、男の子は笑いながらVサインをしていた。

写真にはたどたどしい字で「だいすきなゆうまと」と書かれている。

「あれから八年、か……まさか、優真《ゆうま》とあんな学科に所属するなんて、この時は思いもしなかったわよね」

懐かしそうに微笑《ほほえ》んでから、ふとため息を吐《つ》く。

「それにしても、この頃のあたしは素直だったのに……何で最近は心にもないこと言っちゃうのかなぁ。本当は、もっと……」

切なそうに言って、再び引き出しに写真をしまい、鷹華《ようか》はため息を吐いた。

[side：another end]

○

「え、カップル狩りだって？」

「うん、ここ最近、学園の外で多発しているらしいんだよ」

俺の問い返しに、カナは生真面目な表情でうなずき答えた。

放課後、いつものように会議するため集まっていると、いきなりそんな情報を持ち出してきたのだ。何でも、職員室で教師が話題にしていたのを、偶然耳にしたらしい。

「カップル狩りって言っても、襲ってお金とか奪うのが目的とかじゃないんだって。何か、無理矢理《むりやり》に別れさせるのが目的らしいんだよ」

「別れさせるー？」

「うん。例えば、暴力で無理矢理脅《おど》して別れるように脅迫《きょうはく》したり、もしくは、カップルの片方を色目をつかってナンパして、別れさせた後ポイ捨てしたりするんだってさ」

「何だそれ。何でそんなことするんだ？」

「さぁ、その辺はわからないけど……とにかく、そういう事件が多く起きてるのは確かなんだって。それで、これが一番重要なんだけど――別れさせられるカップルは必ず幼なじみなんだってさ」

「えっ……それじゃ、『いちゃらぶ学科』の生徒なんて、モロに狙《ねら》われやすいじゃないか！」

もちろん、俺たちだって例外じゃない。現に幼なじみのカップルとして、これまでにデートとかしてきているわけだし。

「うーむ、怖いー。優真、これはほとぼりが醒《さ》めるまで、私たちも家でごろごろしていた方がいいんと違うかー？」

「お前はただサボりたいだけだろ……でも確かに、相手が暴力まで振るう可能性があるなら、迂闊《うかつ》に活動できないよなぁ。少なくとも、デートは当分の間しない方がいいかも……」

俺がそんなことをつぶやくと、ふと大きな声が響いた。

「ダメよ！　そんなの、絶対にダメ！」

「えっ？」

「だってあたし、まだ優真《ゆうま》とデートしてないじゃない！」

見れば鷹華《ようか》が、興奮したかのように顔を赤くしてこちらをにらんでいた。と、我に返ったように目をぱちくりとさせると、さらに頬《ほお》を紅潮《こうちょう》させて、手をばたばたと振る。

「い、いや、あの……違うからね!?　別に優真とデートがしたいとか、そういうわけじゃなくて。その、あたしだけ一回もやってないから、不公平だというか、その——」

「いや、わかってるって。あくまで授業の一環としてデートがしたいんだろ」

俺は苦笑しながら鷹華をなだめる。男女とはいえ、鷹華は俺を仲の良い友人と思ってるに違いない。本気のデートとか想像もつかないだろう。

だが、なぜか鷹華は「むぅ」とむくれながらこっちをにらんできた。あれ、俺、何か気分を害するようなことを言ったんだろうか？

「と、とにかく、本当に深刻な被害が出てるようなら、学校側から何か指示してくるでしょ。それがないってことは、そこまで大したことじゃないんじゃないの。気にする必要ないと思うわよ」

「……そうだね、そういえば『ただの噂《うわさ》にすぎない』って先生も言ってた気がするよ」

「うーん、そういうことなら、そこまで気にするほどでもないのかなぁ」

しかし、俺たちが狙《ねら》われるという可能性もまた0ではない。今後の活動は、充分に注意しながら行わないとな。俺は自分の肝に銘じることにした。

ともあれ、カップル狩りの話はここで終わり、俺たちは本来の話題――『いちゃらぶ学科』での活動について話し合うことにした。

「……ところで優真ー。レポートのことなんだけどー」

不意にあゆなが手を挙げる。会議の他にあゆなとのデートのレポートを仕上げることも、今回居残った目的の一つなのだが、彼女は不服そうに顔をしかめていた。

「教室じゃ集中して書けないー。どこかでジュースとお菓子を所望するー。あと、内容は優真の奴《やつ》を書き写させてくれー、アレンジするからー」

「……つまり、自分はレポートを書かず、菓子食ってだらけたいと」

「いいだろー。こっちは『あの時』のことを思い出すと、恥ずかしくて何もする気起きないしー。いやぁ、筆が進まないな、困ったなー」

わざとらしい棒読みで、両手を胸元で握りしめながら宙を仰ぐあゆな。

あの時とは、俺が偶然洗面所で裸を見てしまった時のことだ。口ぶりからしてもうダメージからは完全回復しているようだが、それを言われると確かに俺としては弱い。

「わかった、俺がレポートの要点になる部分を考えて、箇条書きにしよう。あゆなはそれを参考にしてレポートを書けばいい」

「えー、そんな回りくどいことせずに、全部書いてくれても……」

「ダメだ、さすがに自分で何もしないのはよくないからな。それに俺のパートナーはお前だけでなく、鷹華《ようか》もカナもなんだ。だから俺は、お前だけ特別扱いするわけにはいかないんだよ。その辺は、わかってほしい」

俺がやや厳しめに言うと、あゆなは戸惑ったように目を瞬《またた》かせた。まるで予想外の言葉に裏切られたかのようだった。

だが、少し沈黙した後、「わかった」と渋々うなずく。そんなあゆなの表情は冴《さ》えなく、うなずいた後も時々すがるようにこちらの顔をうかがっていたが、俺はあえて気づかないふりをした。あまり甘やかしすぎるのは、本人のためにならない気がする。

と、カナが俺たちの空気を気遣ったのか、そっと手を挙げて尋《たず》ねてきた。

「それで優真《ゆうま》、鷹華ちゃんとのデートはどうするの？　あまり待たせたら、鷹華ちゃんに失礼だと思うよ」

「あ、その、失礼とかは思わないけど……まぁ、早い方がいいわね」

「わかってるさ。それも今日中に決めてしまおう」

鷹華の言葉に、俺はうなずいてみせた。つまり、俺は今日中にレポートの要点をまとめ上げ、かつ鷹華とのデートのプラニングを済ませなければならない。しかし、それは結構な労働量になりそうだ。確かに時間制限のある教室では、今一落ち着いてできないだろう。

作業場所に、他のロケーションを指定した方がいい。

「でも、ここで俺の家というのも代わり映えしないな。俺としても、たまにはどこか違う場所で作業に没頭したいけど……」

「それじゃあ、いっそのことうちで会議開く？　今ならお父様もお母様もいないから、気兼ねなくできるわよ」

その言葉に、カナと、気を取り直したらしいあゆなが、きょとん、と鷹華の方を見る。

「え、鷹華の家かー？　そういえば行ったことないなー」

「いいね、一度行ってみたかったんだよ。ぬいぐるみとかいっぱい置いてそう♪」

「な、ないわよ、そんな子供っぽいの！」

鷹華は顔を赤くして否定した。でも――バレバレだな。こいつの日頃の言動見ていれば、可愛《かわい》いもの好き、動物好きなのは誰でもわかる。それに、少なくとも子供のころは、部屋はその手のぬいぐるみでいっぱいだった。

「まぁ、それならお言葉に甘えさせてもらおうか。俺も、久しぶりに鷹華の家行ってみたいしな……何しろ、再会してから一度も行ってないし」

鷹華の家は俺の家の近くにある。鷹華が海外に留学した後も、当然だが家自体は残っていたので、今もそこにあるはずだ。

「決まりね。それじゃ、家に連絡入れておくから、ちょっと待って」

「うん……あれ、でもお父さんもお母さんもいないんだよね？　誰に連絡するの？」

「兄弟でもいるのかなー？」

カナとあゆなが首を傾《かし》げる横で、鷹華《ようか》はスマートフォンを操作し、何か告げ始めた。


数十分後。


「「………Ｏｈ」」

鷹華の家に着いた後、たっぷり数十秒経《た》ってから、あゆなとカナの口から同時にそんな声が漏《も》れた。まるで魂が抜かれたみたいに、ぼうっと立ち尽くしている。

その大仰な仕草に俺は首を傾げたが、合点がいって手を叩《たた》いた。

「あ、そうか。二人とも知らなかったっけ。鷹華の家ってすげー金持ちなんだよ。日本を代表する三大名家のうちの一つ、『伊集院《いじゅういん》家』の本家筋だからな。いわゆる上流階級だ」

「……別に、そこまで大層なものじゃないわ。いたって普通の家よ」

素っ気なく補足する鷹華だが、これには異を唱えたい。普通の家庭が、国会議事堂の半分サイズの家を持っているとは思えない。庭も東京ドーム一つが丸々収まる広大さだ。俺も、子供のころ初めてこの家に来た時、あまりのスケールに腰を抜かした記憶がある。

やがて屋敷の正門が自動で開き、俺たちは中に入った。庭の随所《ずいしょ》に花畑や石像、バラの植え込みなどが配置され、中央には巨大な噴水《ふんすい》がわき上がっている。これらの維持に、どれほどの労力と財力が必要なのか、見当もつかない。

門から母屋までの道のりが一〇〇メートル。石畳《いしだたみ》の通路を歩き、洋風の屋敷にたどりつけば、使用人が玄関を開けてくれる。中では勢揃《せいぞろ》いしたメイドたちが「お帰りなさいませお嬢さま」と一斉に頭を下げ、カナもあゆなも言葉が出ないほど目を丸くした。

「まるで漫画の世界だよ……この大きな屋敷、この町に前からあるの知ってたけど、鷹華ちゃんの家だったんだね……それにしても本当にすごい……」

「そうだろう、凄《すご》いだろう」

カナの放心したような言葉に、なぜか俺は得意気になっていた。幼なじみのことを感心されて、正直悪い気はしない。同じ幼なじみが言っていたとしてもだ。

ふとあゆなが、鷹華の手を取ると、真摯《しんし》な目で見つめた。

「……鷹華、結婚してくれー！　そして私を一生養ってくれー！」

「言うと思った……残念ながら、うちのモットーは『働かざるもの食うべからず』なのよ。嫁《よめ》だろうと婿だろうと、一方的に養うなんて甘い概念はないわ。あたしだって、将来的にこの家の事業を受け継がなければ、追い出されるんだからね」

その言葉に、あゆなは「えー」と不満そうに口をとがらせた。

そして俺たちは、塵《ちり》一つ落ちてないビロードの廊下を歩き、鷹華《ようか》の部屋へとやってきた。

俺の部屋の十倍は大きそうなそこ（案の定大量にぬぐるみも置かれている）で、メイドが運んできてくれたローテーブルを広げ、会議を再開することになった。

（——って、ちょっと落ち着かないな）

俺はそわそわしながら、周囲を見回した。妙に甘ったるい匂《にお》いが漂《ただよ》い、見たことのないファンシーな小物がそこかしこに置いてある。幼い時に何度か入ったことはあるが、その時は、鷹華の、というより女の子の部屋が、ここまで落ち着かないものと意識しなかった。

しかも、俺が一人黙々とあゆなとのデートのレポートをまとめている間、女性三人は運ばれてきたケーキと紅茶をわいわいと楽しんでいる状況だ。ちょっと釈然《しゃくぜん》としない気分になってくる。

（まあ、あいつらが楽しそうだからいいか）

大事な友人たちが幸せそうなのは何よりである。それに、要点をまとめ終わったら、あゆなにもレポートを書かせるつもりだしな。本人はふてくされるだろうけど。

そんなことを考えると、ふとカナが俺の方を見て、同情するように眉《まゆ》をよせた。

「ねぇ、優真《ゆうま》ばかり作業させるの可哀相《かわいそう》だよ。わたしたちも、何かしない？」

「でも、するって何をー？」

「そうだね、えっと……」

「あ、それなら。二人にちょっと協力してほしいことがあるんだけど」

鷹華が言い出すと、ふと女子だけで円陣を組み、ひそひそと話し始めた。

三人は、うんうん、とうなずく。この光景、前にも見たな。

やがて話が終わったらしく、彼女らは陣形を解く。そして、俺にこう告げた。

「それじゃ、優真。あたしたち打ち合わせするから……ちょっとお風呂《ふろ》入ってくる」

「はい!?」

「後は任せたぞー、優真ー」

「頑張ってね。お風呂覗《のぞ》いちゃダメだよ」

そして、すたすたと部屋を去って行く。

落ち着かない部屋に取り残された俺は、釈然としない表情でぼやいた。

「何だそれ……何でわざわざ風呂で打ち合わせなんかするんだ？」

そして、三人で風呂に入っている光景を思わず想像してしまい、慌てて頭の中から追い払うのであった。

[side：another]
豪邸《ごうてい》に相応《ふさわ》しく、伊集院《いじゅういん》家の風呂は巨大であった。種類も豊富で、スーパー銭湯もかくや、である。中には近くの源泉から湯を引いている天然の温泉もあった。

その中の一つ、檜《ひのき》で作られた和風の浴槽《よくそう》に、鷹華《ようか》、あゆな、カナの三人は浸《つ》かっていた。

「それじゃ、今から会議を始めます」

鷹華の言葉に、周囲のスケールに圧倒されながらも、カナとあゆなは「ぱちぱち」と拍手を返した。白い肌は、ほんのりと桜色に染まっている。

「それで、鷹華ちゃん。協力してほしいことって何なの？　何かお風呂《ふろ》が気持ちいいから、このまま寝ちゃいそうだよ～」

「優真《ゆうま》に聞かれたくないって言うからー、風呂にまで来たけどー……このまま堪能《たんのう》して帰っちゃやダメかー？」

「ダメよ。でも打ち合わせが終わったら、ゆっくり楽しんで上がりましょう」

そう言ってから、鷹華はカナとあゆなの顔をじっと見つめ、それから湯船の中で白い拳《こぶし》を握りしめると、思い切ったように告げた。

「……それで、二人に協力してほしいことなんだけど……あの、その、優真とのデート、どこがいいか、どういうのにすればいいのか、決めるの手伝ってほしくって」

「え……でもそれって、優真と決めた方がよくないかな？」

「ううん、できれば伏せておいて……その、仰天させたいの。優真が驚く顔を見たいから」

真っ赤な顔で告げる。カナとあゆなは顔を見合わせたが、すぐに意図を察したように、にまにま、と笑った。

「つまり、サプライズで優真を喜ばせたいってことだなー？」

「やだ、鷹華ちゃんてば可愛《かわい》い。デートで相手を喜ばせたいなんて、乙女だよ～」

「べ、別にそんなのじゃないから！　ちょ、ちょっと、優真が慌てふためく姿を見て楽しもうってだけなの！」

顔を真っ赤にして思わず言ってしまってから、はっ、と我に返り、鷹華は内心「あーあ」とぼやいた。顔がうつむき、さらりと流れた前髪が、小さくふくらんだ胸の前に垂れる。

——胸中は今の発言に対する後悔でいっぱいだった。

（本当、素直じゃないな、あたし……友達の前でくらい、認めればいいのに）

そうだ。そんなのじゃないなんてことはない。自分の優真に対する思いは、彼と離れた八年前、いや、それ以前からはっきりしている。

すなわち——自分は、優真のことが一人の男の子として好きなんだ、と。

きっかけは忘れたが、鷹華は気が付けば優真を慕《した》うようになっていた。彼の傍《そば》を一時も離れたくなく、家に決められて行くことになった留学も、家出してでも拒否しようかと思ったくらいである。結局逆らうことはできず、泣く泣く海外に行くことになったが。

（でも、ずっと決めてたもの。日本に帰ることができたら、真っ先に優真に会うって——そして、その、あたしをお嫁《よめ》さんに……）

だが、その思いを意識するたびに、彼女はそれを素直に優真に伝えることができずにいた。恥ずかしいのと、何より自分の気持ちを否定されたら怖いという思いがある。

だから、つい優真《ゆうま》に裏腹なことを言ってしまい——その後に悔いる羽目になるのだ。わかってはいるのだが、この性分は変えられない。

「——はぁ、本当に、どうしたらいいのかなぁ」

「心配しなくてもいいよ、鷹華《ようか》ちゃん。わたしたちも、頑張ってアイデア出すから」

「とびきりのデートプランで、優真を驚かしてやろうなー」

思わずもらした独り言を、カナとあゆなは違う意味にとらえたらしい。これを機会と考え、鷹華は話題を元に戻すことにした。

「そ、そうね！　それで、どんなデートだったら優真は驚くのかしらね」

「そうだねぇ。買い物もお泊まりもやったんだから、それ以外のがいいんじゃないかな」

「後、あれだなー。優真は意外とアウトドア派だから、外で遊ぶの好きだと思うぞ」

「えっ？　優真は運動とか嫌いで、クラブ活動も帰宅部にしてたはずだよ」

「そうなのかー？　小学校の時はよく外で遊んだんだけどなー」

カナとあゆなが、目をぱちくりとさせながら、意見をぶつけ合う。

どうも小学校卒業までは優真も活発だったが、中学校に入ってからは少しものぐさになったということのようだ。子供の成長を見ているみたいで、鷹華としては微笑《ほほえ》ましい。

（そういえば、幼稚園の頃は結構泣き虫だったわよね、優真。小学校に入ってからかなり

男の子っぽくなって落ち着いたけど）

やっぱり、同じ優真でも少しは変わってるんだ。そう思うとおかしくもあり、変化を見られなかったことを寂しく思う鷹華であった。

と、その時、鷹華の胸にある思い出が飛来し、同時に一つのアイデアが浮かび上がった。

「ねぇ、こんなのどうかしら……こういう感じなんだけど」

「ふむふむ………うん、悪くないと思うぞー。意外性があるし、優真も驚きそうだー」

「でもデートとして楽しそうだね。わたしもいいと思うよ」

そして、三人は鷹華のアイデアを元に、話をまとめていく。

意外と簡単に企画は立ち上がり、後はそれを清書するだけとなった。

「さてと、それじゃ鷹華ちゃん。最後にデートのための秘策を授けようか」

「え、秘策？」

「そう、前から鷹華ちゃんには足りないものがあると思ってたんだよね。それを教えるよ」

「うむ、私もぜひとも鷹華に実践《じっせん》してほしい秘術があるぞー」

そう言って、どこか楽しげに笑う友人二人。鷹華は嫌な予感を覚えながら、火照《ほて》った肌にそぐわない冷や汗を流すのだった。

［side：another end］

○

俺たちが鷹華《ようか》の家で打ち合わせをした、その数日後。

俺はつぶやきながら、前にあゆなと物語再現デートをした公園の噴水《ふんすい》前に立っていた。

「遅いな、鷹華の奴《やつ》」

この前鷹華は、風呂《ふろ》から上がった後で俺にこう言ったのだ。

『いい、優真《ゆうま》！　デートは三日後の日曜日にやるから！　覚悟しなさいよ！』

唐突で、妙に張り切っていた上に、覚悟なんて物騒な言葉使ってて、俺はどうコメントしていいかわからなかったが、とりあえず『おう』とだけうなずくことはできた。

ちなみにデートの内容について尋《たず》ねたら、『Haste makes waste《短気は損気》』と答えられてしまった。

内容は、後の楽しみにしろということらしい。

『ちゃんとしたデートにするんだから、気合い入れて来てよね！』

鷹華が俺とのデートを、そこまで張り切るのは何だか意外な気がするが、俺としても少し楽しみであることは確かだ。あいつ、普段は何かと俺につっけんどんなことが多いし、俺もつい軽口を叩《たた》いてしまうから、たまには昔のように無邪気《むじゃき》に遊びたいんだよな。

俺がそんなことを考えながらスマートフォンを取り出し、時間を確認した――その時。

「た、頼もう！」

妙な声が聞こえた。鷹華のものだが、微妙にうわずっているように聞こえる。

どうしたんだと思いつつも、俺はそちらの方に向き直り、「よう」と挨拶《あいさつ》しようとして
——できなかった。

鷹華の姿を見た瞬間、思わず感心の息を漏《も》らしてしまったのだ。

彼女が身にまとっていたのは、何とショッキングピンクのパーカーだった。ウサギの頭部を模したフードがついていて、品のいいプリーツスカートと、パーカーとシャツの上から肩に提げている大きなトートバッグが、妙にマッチしている。

普通なら、やや幼い、小学生みたいな服装として目に映るだろう。だが、人形のように綺麗《きれい》な鷹華が着ると、こんな格好でも様になる。雑誌のモデルを見ているみたいだ。正直、俺は鷹華の外見的魅力を改めて思い知った。

と、俺の視線に気づいたか、鷹華はもじもじと身じろぎしながら、むすっとした。

「な、何よ。何か問題ある？」

「い、いや。ない。その……可愛《かわい》いと思う」

正直に言ってから、何となく気恥ずかしくなって慌てて付け足した。

「でも、お前がそんな格好するなんて珍しいな。小さい時だって、大体着てるのはブラウスとスカートだったじゃないか。そんな可愛らしい格好、初めてじゃないか？」

「そうね。あたしも生涯こんなの着ることはないと思っていたわよ……でも、カナがどう

しても着ていけって言うから……」

「え、カナが？　どうして？」

「……デートを成功させるのに、風水的にピンク色とウサギがいいんだって、助言してくれたの。good luck charm《おまじない》なんだって」

鷹華《ようか》いわく、カナは「デートの秘策」としてこれを彼女に授けたらしい。

『いつも思ってたんだけど、鷹華ちゃんにはゲン担ぎが足りないんだよ。おまじないの効果って意外とバカにできないよ？　試しにやってみなよ』

のんびりしたカナにしては早口で薦《すす》めた後、風水や占いなどで調べた結果、デートを成功させるためのラッキーシンボルがピンク色のウサギだとわかったらしい。

――いや、だからって、それをパーカーにして着させなくてもいいんじゃなかろうか。

俺がそう尋《たず》ねると、鷹華は顔を赤くしてそっぽを向く。

「あたしもデートでこういう格好はどうかと思ったけど……カナが『これ着てればいいこと起きるよ！　間違いないよ！』って強く言うし……服が可愛《かわい》いのは確かだったし」

「断りきれなかったんだな……ま、まぁ、さっき俺も言ったけど、可愛いことは間違いないから、自信持っていいと思うぞ、うん」

何とか俺がフォローを入れると、鷹華はぶすっとした顔をしながらも納得してくれたようだった。と、俺の顔を見つめて尋ねる。

「その、あたし、本当に可愛《かわい》い？」

「ああ、可愛い」

「本当の本当に？」

「本当の本当だって」

やがて鷹華《ようか》はにっこりと笑った。すぐにすました表情になって、口を開く。

「……ま、優真《ゆうま》がそこまで言うなら、仕方ないわね。今日一日この格好でいてあげるわ」

「誰もそこまで言ってないけど……まあ、今日はよろしく頼む」

俺が、ぺこり、と頭を下げると、鷹華は微笑を浮かべてうなずき、手をさしのべてきた。

「それじゃ、そろそろ行きましょうか。その、あたしたちのデートに」

「あ、ああ、そうだな」

俺はその手を掴《つか》むと――細くすべすべした感触が気持ち良かった――大きくうなずいた。

[side：another]

公園の噴水《ふんすい》から歩き出す優真と鷹華。その二人を見つめる黒い影があった。

公園を囲むクチナシの植え込みに隠れながら、スマートフォンを取り出して操作する。

「こちら、四〇二号。目標を発見――只今《ただいま》より作戦に移るわ」

そう発した声は、まだあどけなさを残す少女のものだった――。

[side：another end]

今回のデートプランに関しては、俺はノータッチでいた。だから目的も場所もわからない。なので、俺は鷹華に手を引かれたまま、されるがままに歩き続けた。

「ところで鷹華、どこまで行くんだ？」

「まあ、まあ、着いてのお楽しみってことで、黙ってついて来なさいよ」

こんなやりとりを何度も繰り返し、小一時間後。俺たちはやっと目的地にたどりついた。

鷹華が連れてきた場所は、意外でもあり、納得できる場所でもあった。

「ここって……蛍ノ公園《ほたるのこうえん》じゃないか」

「ふふふん、懐かしいでしょ」

目を瞬《またた》かせる俺に、鷹華は得意げにウィンクしてみせた。

蛍ノ公園とは、山の麓《ふもと》にある小さな公園だ。林道を登った上の高台にあり、ここから俺たちの住む町が一望できる。その眺めは抜群だが、場所がへんぴなため頻繁《ひんぱん》に利用する者は少なかった。小さな花々が植えられている広場、木製のベンチ、管理道具置き場の小屋くらいしか目立った設備もなく、休日のハイキング程度にしか使い道はないだろう。

だが、遊び時間がたっぷりある子供なら話は別だ。鷹華がここを「懐かしい」と言ったのは、小さい時、ここが俺たち子供の遊び場だったからだ。特に鷹華と俺はアウトドア志向が強く、二人でここに来ては、おままごととか、鬼ごっことか、よく一緒に遊んだっけ。

超お嬢さまの鷹華《ようか》が、こうやって一般市民と遊んだり、あまつさえ普通の学校や幼稚園に通ってたのは、今思えばすごく違和感があるが、鷹華いわく「伊集院《いじゆういん》家は温室育ちをよしとしない」かららしい。お金持ち専用の学校などに入れず、普通の学校で他の子供たちと同じように扱う——その経験こそが、今の伊集院家を支えているそうだ。

閑話休題《かんわきゆうだい》。俺は木で出来た柵にもたれて町を見下ろしてた。ここからの眺望《ちようぼう》は相変わらず最高だ。小さく見える建物を眺め、俺は子供の気分に返りながらあれこれ声を上げた。

「あっちはこの前行ったショッピングモールだよな。ってことは、あれが学園か。あそこのでかいのは——確認するまでもない、鷹華の家だな。やっぱりスケール違うよな、お前の家って！」

「優真《ゆうま》ってば、はしゃぎすぎよ」

そういう鷹華も、くすくすと笑っていた。いつもとは違う、屈託《くつたく》のない表情だ。見ていると、子供のころに戻ったみたいで、何となく安心する。

と、少し不安そうにしながら、鷹華がうかがうように俺に尋《たず》ねた。

「それで、どう？　こういう小さい時の思い出を訪ねようっていうのが、あたしの思いついたデートプランなんだけど。その、問題ない？」

「ああ、問題ないどころかとても楽しいよ」

俺は偽《いつわ》りのない気持ちで言った。童心に返るのって意外と悪くない。それにデートっていうと、何かこう肩肘《かたひじ》張ってやるイメージが強かったから、こういう気楽に楽しめるものは大歓迎だった。

と、俺の言葉に鷹華は、少し安堵《あんど》したような息を吐く。

「そう、なら良かったわ……あたしもね、ちょっと昔に返りたかったから」

「鷹華……？」

俺は目を瞬《またた》かせた。何だか、鷹華が寂しそうな表情を浮かべた気がして――。

だが、それも一瞬。すぐに鷹華は屈託のない笑顔に戻ると、ふと花畑の方に歩いて行き、楽しそうな声を上げた。

「わぁ、懐かしい！　ねぇ、優真、これ覚えてる？」

「あ、ああ、シロツメクサだな。お前よく冠にしてたっけ」

「うん、すごく綺麗《きれい》で好きだったもん。それに、優真に見てもらいたくて作ってたのよ」

「え、そうだったのか？」

「そうよ。だって……」

ふと、鷹華は何かを言いかけ――急に口をつぐんだ。顔が赤く染まっている。

「おい、鷹華。どうしたんだ？」

「え？　あ、いやその………ほ、ほら、そろそろお昼、お昼にしない!?　お腹《なか》減ってきたでしょう」

「あ、うん。そういえば、そうかな」

「じゃあ待ってて、今準備するから」

何か誤魔化《ごまか》されたような気もするが、とりあえず俺は鷹華《ようか》の言葉に従うことにした。

鷹華はトートバッグを取り上げ、中からレジャーシートを取りだした。ばさっ、とそれを手近な場所に広げながら、言葉を続ける。

「景色もいいし、ここで食べると美味《おい》しいわよ。あたし、お弁当、持ってきたから――」

次の瞬間、俺は光の速さで逃げ出したが、鷹華が回り込む方が早かった。

「ちょっと、突然どこに行こうっていうのよ！」

「と、止めるな！　いくらお前らを大切にしたいとはいえ、俺だって命は惜しいんだ！」

弁当ということは、十中八九、鷹華の手作りだろう。しかも取り出した重箱は、相当な容量があるじゃないか！

だが、俺の怯《おび》えように鷹華は頬《ほお》を膨《ふく》らませると、そっぽを向いて口をとがらせた。

「失礼ね。心配しなくても、うちの料理長に作ってもらったわよ」

「え、そうなのか？　お前のことだから、自分で作ってきたのかとばかり……」

「あたしだって、優真《ゆうま》に体壊させて、デートを中止にしたくないもの」

鷹華は心底複雑そうな声で言った。俺の体調を気遣ってくれたとはいえ、やはり自分で作りたかったのだろう。こいつの向上心の高さは、俺もよく知っている。

だからこそ、先ほどの態度は良くなかったと俺は反省した。何とか鷹華にフォローを入れようと考え――気が付けばこんなことを口走っていた。

「あ、じゃあ、その、デートがない時にまた作ってくれよ」

「え？」

「前にも約束しただろ、ちゃんとしたの作るって。それ、待ってるからさ」

「う、うん！」

その言葉に嬉《うれ》しそうにうなずく鷹華。何とか機嫌を取り戻してくれたようで、俺はほっと一息吐いた。やっぱり鷹華には、笑顔の方が似合うと思う。

ともあれ俺たちは、景色を独り占めしての昼食に移った。おにぎり、唐揚《からあ》げ、卵焼き、野菜の煮染《にし》めなど、献立は弁当としてオーソドックスなものばかりだが、さすが伊集院《いじゆういん》家のシェフが作っただけあってどれも美味しそうだ。

好物の唐揚げを取ろうとすると、鷹華がそれを横からかっさらった。

「優真、小さい時、これすごく好きだったわよね」

「あ、ああ。今でも好物だよ」

「良かった。それじゃ……はい」

そう言って箸を差し出してくる。

ぴん、と来た。あゆなもやっていたことを、鷹華《ようか》はやろうとしているのだ。

いわゆる、「あーん」である。

ただし、あゆなはそつなく的確にやっていたのに対し、鷹華は顔を赤くしてそっぽを向きながら、こちらに箸を差し出している。当人も相当恥ずかしいのだろう。だが、その初々しさが逆に新鮮で可愛《かわい》らしく、俺はあゆなの時よりもかなりドキドキしていた。

「えっと、それじゃ……遠慮なく」

そして、俺は唐揚《からあ》げをくわえて咀嚼《そしやく》する。鷹華が緊張するように尋《たず》ねてきた。

「どう、美味《おい》しい？」

「あ、ああ。美味《うま》いよ」

「そう、良かった。あ、これ、お茶だから」

俺が美味しいと言ったことが嬉《うれ》しかったのか、心の底から嬉しそうに笑うと、鷹華は紙コップを俺に差し出した。俺が受け取った時、指先が触れる。「あ」と小さく声を上げ、鷹華はさらに照れたような表情を浮かべた。

その表情に、俺は少しドキッとした。こいつ、こんなに可愛いかったのか……一応知ってたつもりだけど、こういう一面を見ると改めて実感してしまう。

しかも、今日の鷹華にはいつもの素っ気なさがない。何と言うか、すごい親身だ。デートになると、意外と尽くすタイプなのだろうか。

（じゃあ、いつかこいつに本当の恋人ができたら、これだけのもてなしを受けるのか）

――何だろう、何か釈然《しゃくぜん》としない気持ちになる。俺なんていつも、つっけんどんな態度しかもらってないのに。

「どうしたのよ、何だか複雑そうな顔をして」

「いや、別に……今日のお前は、何か素直だなって思ったんだよ」

本音を言うのは恥ずかしいので、俺は話をはぐらかした。

まあ、半分は嘘《うそ》じゃないしな。デートに入ってから、鷹華はさほど俺に対してつんけんしていない。むしろ好意的なくらいだ。小さい頃に戻ったようで、俺は心を和ませていた。

と、鷹華が驚いたように目をみはる。

「素直……あたしが？　ちゃんと素直になれてる？」

「え？　あ、えっと……少なくとも、俺はそう思う」

「ふ、ふーん」

何やら考え込んだ後、ぶつぶつと「やるなら今か……」とか「あゆなの秘術を試す時……」とかつぶやき始めた。

何をするつもりなんだ、と俺が訝《いぶか》しがった瞬間、ふと鷹華は立ち上がると、こちらを思い詰めたような目で見た。

「あ、あの、あのね、その、優真《ゆうま》！」

「な、何だ？」

「え、えっと……今日のあたし、本気だから。本気で、恋人役として挑んでるから」

「あ、ああ。わかるよ。お前、昔から一度決めたらちゃんとやり遂げるタイプだもんな」

だが、鷹華《ようか》はその評価では満足しないようだった。何かの決意に固めた表情はそのまま、俺をじっと見つめて言葉を続ける。

「今のあたしは優真《ゆうま》の恋人役……それは、ちゃんとしないといけないの……だから、その……これを見て！」

そして、スカートの裾《すそ》を持つなり、それを持ち上げようとする――。

「いやいやいや！　ちょっと待て！　お前は何をしようとしているんだ!?」

俺は慌ててその手を掴《つか》んで止めた。このままだと、中が見えてしまう。

だが、鷹華は焦ったように俺を見て言った。

「だ、だって、恋人として優真を喜ばせる義務があたしにはあるもの！　だったら、これくらいしないといけないじゃない！」

「これくらいってなんだよ！　スカートの中を見せるのが、俺を喜ばせるってことになると思ってるのか!?」

「そうよ！　パンツ見せられて、心動かされない男の子は絶対にいないって聞いたわ！」

「誰だ、そんな間違った知識を植え付けたのは……」

そう言ってから、さっき鷹華がつぶやいた言葉を思い出し、唖然《あぜん》とする。

あゆなか！　あいつがまた漫画の知識を持ち出して、余計な入れ知恵をしたのか！

「いいから落ち着けって、鷹華。俺はその、女の子のパンツくらいで血迷ったりはしない！」

「……本当に、断言できる？　見なくて後悔しないの？」

「…………えっと、その」

こういう時、正直に口ごもってしまうのが、俺の悪いところだ。

「やっぱり見たいんじゃない。じゃあ、その、頑張って見せるわね！」

「いやいやいや、だから待てって！」

俺は焦った。妙に素直かと思いきや、いきなり暴走し始める。今日の鷹華は何か変だ！

「今日のお前、ちょっとおかしいぞ。何かあったのか？　もし困ったこととかあるなら、相談に乗るから、少し冷静になれよ」

鷹華のことを案じて、そう告げる。

だが、返ってきたのは一瞬の沈黙――そして、うるんだ瞳《ひとみ》だった。

「……優真のバカ。今のあたしは、何もおかしくないのに」

「へ？」

「おかしいのは、いつものあたしの方なの……優真に、自分に、真《ま》っ直《す》ぐ向き合えないから……でも、それじゃ、あたしの思いは届かないもの……」

「お前、何言って……」

「優真《ゆうま》、前にあたしたちのこと好きだって言ったわよね……友人として好きって。あたしも、優真のこと…………その、好きだよ。でも、優真のとは違う……」

絞り出すような言葉の奥に、切実に訴《うった》えるような響きがあった。

その声を耳にした時——なぜか俺の脳裏《のうり》に、先ほど鷹華《ようか》が話していたシロツメクサの花冠が浮かんだ。

それを嬉《うれ》しそうに頭に乗せた、幼い鷹華の姿も。

——これはね、はなよめさんのヴェールなんだよ。

小さな鷹華はそう言って、花冠を誇らしげに示した。

そして、小さな俺の隣に立って、にっこりと笑う。

——これであたし、ゆうまのおよめさんだね。

その幼い鷹華と、今の鷹華が、なぜかダブって見えた。笑顔と、憂《うれ》い顔、表情は正反対なのに——俺は自分でもよくわからないまま、その二人の鷹華に引き寄せられるように、顔を近づけていく。

「優真、あたしね、小さい時から……」

現実の鷹華の手が、そっと俺の頬《ほお》に触れて、そして——。

——突然、バンッ、と大きな破裂音が鳴り響いて、俺と鷹華は「うわっ！」「きゃっ⁉」

と悲鳴を上げた。

見れば草原につながる林道の方から、一人の少女が転がり出てくる。俺たちと同じ歳《とし》くらいで、白いワンピースを身につけており、どこか清楚《せいそ》な雰囲気を持つ女の子だ。

少女は俺たちに気づくや否や、一目散に駆けてきて、息も絶え絶えに訴《うった》えてきた。

「た、助けてください！　変な人たちに追われてるんです！」

「「はい？」」

「銃を持った、危険そうな奴《やつ》らで……わ、私、殺されちゃう！」

俺と鷹華《ようか》は眉《まゆ》をよせて、思わず「はぁ？」と間の抜けた声を合わせた。

〇

「おい、いたか!?」「こっちはいないぞ！」「探せ、探せ！」

アロハシャツにサングラスといった出《い》で立《た》ちの、凶悪な顔の男たちが、蛍ノ公園《ほたるのこうえん》を見回して叫《さけ》んだ。そのうちの一人は片手を、ボタンで留《と》めたシャツの懐に突っ込んでいる。シャツは大きく膨《ふく》らんでいて、思わず拳銃《けんじゅう》を隠しているんじゃないだろうかと疑ってしまう。

やがて男達は「ちっ、いねぇ！」「向こうを探すぞ！」「シートと弁当もあった、他に目撃者もいるかもしれねぇ、それも探せ！」と叫び、去って行った。俺たちは安堵《あんど》すると、身を隠していた場所から姿を現した。

「大丈夫でしょうか」

「うん、たぶん」

顔を真っ青にした少女にうなずきながらも、俺は油断せずに周囲を警戒した。

それから、彼女を手招いて、ゆっくり歩き出す。

俺たちが隠れていたのは、公園の隅《すみ》にある、管理道具置き場の小屋だった。さび付いている上に施錠もされているので、一見中に入れそうにないが、実は窓の一角が破れている。小さい時には秘密基地代わりに、よくここに侵入して遊んだものだ。

少女は一息吐いた後、慌てたように俺たちに向かって頭を下げた。

「すみません、何か巻き込んでしまって」

「いや、困った時はお互い様だし。それより、何が起きたか説明してくれないかな？」

「あ、はい。実は……」

その少女――さくらが手短に語ったことによると、彼女はヤバそうな男たちが、林の中で何やらごそごそしているのを見てしまったらしい。手にしたスーツケースを交換し、中身を確認していたのだとか。

中身は白い粉が詰まった袋と、札束だった。まさかと思いつつもこれはヤバいと感じ、さくらは逃げようとした。が、音を立ててしまい、追いかけられる羽目になったらしい。

しかし――この生まれ育った地元で、こんな事件が起きてるなんて、何だかショックだ。

俺は怖いというより、切ない気分でスマートフォンを取り出した。

「とにかく、早く警察を呼んで、保護してもらおう。事件現場も見せないといけないし」

と、スワイプしかけた手を押さえて、さくらが言う。

「それより先に町まで戻りませんか。あの人たちがまた来たらと思うと、私、怖いんです」

そう言いながら、彼女はぶるぶると震えていた。確かに、警察を呼んで待っている間に、あの男たちが来たらどうなるかわからない。早く町まで移動した方がいいか――？

「……わかった、そうしよう」

「すみません、お願いします！」

そう叫《さけ》んで、さくらは俺の腕をぎゅっと抱いた。大きな膨《ふく》らみが当たって、ちょっと気持ちが舞い上がりそうになる。鼻をくすぐる艶《つや》やかな黒髪の匂《にお》いが、だいぶ心地良い。

すると、今まで黙っていた鷹華《ようか》が、

「優真《ゆうま》、やらしい顔つきしてるわよ」

「や、ややや、やらしくねぇよ!?」

俺は叫び返すと、シートと弁当を手早く片付けて、鷹華のトートバッグにしまった。

それから周囲を警戒しつつ、ゆっくりと町へと向かう林道を降りていく。

さくらは怯《おび》えながら、途中で何度も俺にすがるようにして言った。

「あの、すみません、もうちょっと腕抱かせてください。足に力が入らなくて」

「さっきの人たちは、どこか遠くの方に行ってくれたでしょうか。だといいんですが」

「それにしても、えっと、あなたは――優真さんとおっしゃるんですか――すごく落ち着いてますね。とても、私と同じ歳《とし》くらいに見えないです」

「え、今年で一年生？　私より一つ下じゃないですか――それなのに、頼もしいですね」

そのたびに俺は、「大丈夫だよ」とか「楽観はできないな」とか「そんなことないよ」とか素っ気なく言葉を返していたのだが、最後の褒め言葉はさすがに内心悪い気もせず、ちょっとデレデレした気分になっていた。

と、突然、鷹華が俺の袖《そで》を引っ張ってさくらから引き離すと、小声で言った。

「ちょっと優真、何かおかしくない!?」

「え、おかしいって何が？」

「あの女のことよ！　さっきから急に饒舌《じょうぜつ》になってるんだけど！　それに、妙に優真にベタベタくっついてるし――まるで、優真を誘惑しようとしてるみたいじゃないの！」

「い、いや、気のせいだろ。俺なんて誘惑してどうするんだよ。それに、さっきまでのことで気が動転してるんだ、早口になるのは仕方ないって」

「で、でも……」

鷹華は何か歯がゆそうに、両手の拳《こぶし》を胸元で上下に振っている。

すると、さくらがひょっこりこちらに顔を覗《のぞ》かせてきた。

「あ、あの、どうかしたんですか？　何か問題でも？」

「いや、そんなことはないよ。なぁ鷹華《ようか》？」

「……知らない」

ぷい、とそっぽを向く鷹華を見て、さくらがおろおろとした顔を見せる。

「あの、えっと……彼女さん、怒らせてしまいました？」

「え？　あ、ああ、こいつは彼女じゃないよ。ただの幼なじみで」

「……！」

「え、ええと、そうなんですか。彼女さんじゃないんですね……それじゃ優真《ゆうま》さんは、他に彼女さんがいるってことですか……？」

「え？　い、いや、いないけど」

「そ、そうですか……こんなに格好《かっこ》いいのに……もったいないですね」

はにかむようにして、ぽそり、とつぶやく。その様子に、俺は過去最大級にドキドキとした。何だか、くすぐったい感覚が全身を包み、胸の辺りがぽぉっと温かくなってくる。

ふと、さくらは俺の方を見て言った。

「あ、あの優真さん。もし無事に町までたどりつけたら……その時は……」

「え……？」

「その時は、お礼をさせてください。私、優真さんと友達になりたいです……ダメですか？」

「と、友達？　友達ね……もちろん、いいよ」

次の瞬間、俺とさくらの間に割って入るように、一つの影が飛び込んできた。

鷹華だ。怒りと――どこか哀切《あいせつ》の交《ま》じった顔で、俺の方をにらんでくる。

「……優真の、バカ！」

「え……？」

「もういいわよ、好きなだけその人のことを守ってなさいよ！　あたしは無関係だし、ここで別行動させてもらうわ！」

そう言って、林道を外れ、林の奥へと走って行ってしまう。

「お、おい、鷹華!?」

一体何がどうしたんだ、あいつ。いきなり怒り出したりして。

俺は不可解に思いながらも、小さくなる背中から目を離せないでいた。

「あの、優真さん。急ぎましょう――確かに幼なじみさんを巻き込まない方がいいかもしれません」

「そ、そうだな」

それに、さくらの安全を確保する方が先だ。俺はそう心中でつぶやくと、林道の方に視線を移した。

[side：another]

鷹華《ようか》は行き先もわからず、闇雲に林の中を走っていた。

（やっちゃった……やっちゃった）

後悔の念が、胸に押し寄せてくるのがわかる。

完全にかんしゃくを起こして、優真《ゆうま》にぶつけてしまった。それだけはしないようにと心に誓ってきたのに。

だけど――まさかデートがこんな理不尽な方向に進むと思わなかったし、何よりあんなに浮かれている優真を見ているのは、正直辛《つら》かった。

自分はこれでも、今回のデートに関しては、素直に思いをぶつけようと思っていた。優真のことが好きだという気持ちを。

そのために、まだ何の屈託《くったく》もなかった幼少時代の自分を思い出し、そのように振る舞おうと考えた。思い出を探訪《たんぼう》したのは、実はそのためでもあった。

あのころのように、優真に素直に思いを伝えられたら――。

（でも、優真はそんなのいらないみたいだし。さくらって子の方が好みみたいだし。ちょっとひっつかれただけでデレデレしてたし……）

怒りと哀《かな》しみで胸がいっぱいになり、鷹華は大きく息を吐いた。足を止めて、手近な木にもたれかかる。

嫉妬《しっと》だな、と思った。優真がさくらという娘に惹《ひ》かれるのは、彼の自由だ。それを止める権限は、自分にはない。

だけど、自分は――ふと、鷹華はポケットの中から写真を取りだした。

幼い自分と優真が写っている。今日のデートのお守り代わりに、持ってきたものだ。

『だいすきなゆうまと』

そこに記されている言葉が、彼女の思いのすべてだった。

鷹華は幼稚園児の時、周囲から浮いていた。お金持ちのお嬢さまが、一般的な幼稚園に入れば当然そうなる。鷹華は周りとの生活の違いに戸惑い、からかわれ、孤立していた。

それを救ったのが、幼い優真だ。彼は周りの子供たちに強い口調で告げた。

『いえのこととかどうでもいいじゃん、そんなことでなかまはずれにするなよ』

この言葉に子供たちは動かされ、鷹華を特別扱いしないようになった。

一番驚いたのは鷹華だ。優真のことは、どこかおどおどした頼りない男の子くらいに思っていたのに、毅然《きぜん》とした態度で自分を救ってくれたからだ。そんな優真の行動に、鷹華は初めて心がときめくのを感じ、気が付けば夢中になっていた。

そして誓う。自分が大きくなったら――絶対、この人のお嫁《よめ》さんになる、と。

伊集院《いじゅういん》家は有数の名家だ、結婚相手も親が決めることが多く自分の意志で選べる可能性は低い。それでも彼女は、優真《ゆうま》と結ばれたいと願った。その思いは二人で過ごすうちに強くなり、いざとなれば家を捨てることすら考えるようになった。

もしくは優真なら、伊集院《いじゅういん》家に相応《ふさわ》しいと認められる人間になるかもしれない。そう勝手に期待してしまうほど、鷹華《ようか》の優真への慕情《ぼじょう》は強かったのでる。

(だけど、それって……あたしの自分勝手な惚《ほ》れ込《こ》みに過ぎないのかな。優真にしたら、あたしに好かれたところで、嬉《うれ》しくも何ともないかもしれない)

ふと、鷹華はそんなことを考えた。

優真には他にも幼なじみがいる。彼が嫁《よめ》に選ぶのは自分ではなく、あの二人のどちらかかもしれない。いや、今会ったばかりのさくらや、まったく別の人間の可能性もあるのだ——だとすれば、自分の好意なんて押しつけるだけ迷惑だろう。

段々と自信がなくなっていき、彼女は目を腕で覆った。悔しいのか悲しいのか、よくわからない涙が、あふれ出てくる。後悔と不安と、その両方が彼女を苛《さいな》んでいた。

鷹華は気づかないうちにしゃがみ込み、小さくつぶやいていた。

「……優真……ごめん……あたし、迷惑だったかも……」

「そんなことはないさ」

「…………!?」

まさか返事が来るとは思わなかった鷹華は、慌てながら涙をぬぐって声のした方を振り返る。よく見知った顔が、苦笑を浮かべてこちらを見つめていた。

「ゆ、優真!?　どうしてここに？　さくらって子は？」

「さっきのところで、木の陰に隠れて待っててもらってる。やっぱりお前に迷子になられると、後味悪いからな。探しに来たんだ」

「ま、迷子って、そんなことあるわけないじゃない！　子供じゃあるまいし！」

「何言ってるんだ、今ここで泣いていて、俺の名前まで呼んだじゃないか。迷子になって俺に迷惑がかかるって思ったんだろ？　大丈夫、これくらい迷惑でも何でもないよ」

どうやら優真は言葉を勘違いしたらしい。訂正しようかと思ったが、本当の気持ちを伝える方が恥ずかしいので、鷹華は誤解させたままにしておいた。

その代わりに、優真の方を見て言う。

「でも、その、いいの……あの子をほったらかしにして？　いいところを見せて、仲良くしたいんでしょ。その、あたしは一人で平気だし、放っておいてくれても」

「何をバカなことを言ってるんだ」

優真は呆《あき》れたように言葉を遮った。

「お前のこと、放っておけるわけないだろ。俺にとって、大切な人の一人なんだから」

「大切……」

「それにな、別にいいとこ見せたいとか、そんなこと思ってないぞ。俺が一人で出来ることなんてたかが知れてるんだから……でも、困ってる人がいるんだ、助けたいだろ？」

その言葉に、しばらく鷹華《ようか》は呆然《ぼうぜん》と優真《ゆうま》の方を見る。

——そうだ、大切なことを忘れていた。どうして自分が優真を好きになったのか。

それは、こんなふうに困った人に手をさしのべてくれる優しさがあったからだ。

幼いころ、周りにからかわれていた自分を助けてくれたように。

「……そうね、優真ってそうだったわよね……誰にだって優しいんだから」

「まあ、そうあるように心がけてはいるよ。身近な人を大切にするのは当たり前だし、知り合ったばかりの人だって、なるべく大事にしたいからな」

「そっか……うん、そうよね」

そう言って、鷹華は小さく笑った。——少しずつだが、気持ちが晴れてくる。

やっぱり、優真は優しい。そして、自分はそんな優真が大好きだ。

大切なのはこの気持ちだけだと、鷹華は思った。他の女の子のことなんて、考えなくてよかった——自分は、自分の思いを貫けばいいのだから。

（そうよ、優真のことを一番最初に好きになったのは、きっとあたしなんだから。どんな子が近寄ってこようと、絶対に負けたりしない！）

鷹華は立ち上がると、迷いを捨てた目で真っ直《ま》ぐ《す》に優真を見つめた。

「——戻ろう、優真。早くさくらと一緒に町に戻らないとね」

「そうだな。ぐずぐずしていると危ないし。早いところ警察に保護してもらわないとな」

自分が元気を取り戻したことに気づいたのだろう。優真も安心したようにうなずく。

と、彼は何かを思いついたような顔をすると、冗談めかして宙を指さしてみせた。

「いっそ警察が空から飛んできてくれたらいいのにな――なんて、そういうわけにはいかないか。ははは」

「…………」

「ん、どうした、鷹華？　あ、今の冗談、さすがに面白くなかったか……」

「いや、違うの。そういえば、そういう方法もあったなぁって思って」

鷹華はつぶやくと、「？」と疑問符を浮かべる優真を脇目に、スマートフォンを取り出して操作し、「緊急なの、よろしく」とだけ告げた。

そして、少しだけ悪戯《いたずら》っぽい笑みを浮かべて、優真を見る。

「優真ごめん。いいところ奪っちゃうかも」

何のことだかわからないのだろう、優真が「え？」と聞き返してきた――その時。

「きゃあああ！」

悲鳴が聞こえて、優真と鷹華は体を硬直させた。

「今のは……」

「さくらの声だ！」

二人は顔を見合わせるやいなや、そちらに向かって走り出した。

[side：another end]

俺と鷹華《ようか》が声のした場所にたどり着くと、そこには最悪の光景が広がっていた。

さくらがあの男たちに捕まり、しかもこめかみに銃口まで突きつけられている。これでは、下手に動くこともできない。

俺が「くっ」と歯がみしていると、男たちが俺と鷹華をにらみつけて叫《さけ》んだ。

「こいつに聞いたぞ、仲間ってのはお前らか⁉」

「おい、そこのお前、こっちに来いや！　そっちのお嬢ちゃんもな！」

「優真《ゆうま》さん、鷹華さん、私のことは構わず逃げてください！　来ちゃダメぇ！」

さくらが叫んだが、そういうわけにもいかない。どうする？

「……こうなったら、根性入れてやるしかないか」

俺はつぶやき、「今行く」と告げて、ゆっくり男たちの方に近づいた。

相手の言う通りに動く――と見せかけて奇襲をかけ、さくらをさらって鷹華と一緒に逃げるしかない。

恐怖で体が震えそうだが、精神力で押さえ込む。何しろ、これがうまくいかなかったら、俺自身だけでなく、さくらが、そして何より鷹華が無事ではすまされない。

（他人の命がかかってるんだ、絶対に失敗なんてするもんか！）

そして、男たちとの距離まで数メートル。俺が一気に飛びかかろうと、足に力をこめた――その時。

突如、辺り一帯に、ババババ、とけたたましい音が鳴り響き、俺も男たちも、全員立ちすくんだ。

「な、何だ⁉」

「お、おい！　上だ、上！」

見上げれば、はるか宙に巨大な羽子板のような影が浮いていた。

超大型のヘリだ。そう理解した時には、そこから降ろされたロープを伝い、数十人の男たちが降りてきていた。

全員が、防弾チョッキに黒い特殊警棒を装備している。彼らは一斉に地面に着地するや否や、雪崩《なだ》れかかるようにして銃を持った男とその仲間たちに駆け寄った。

「ぐあっ⁉」「ぐおおおっ⁉」「うわああっ⁉」

手早く男たちの関節を取り、捕獲していく。突然の展開に俺もさくらも目を丸くした。と、降りてきた男たちのうちの一人、リーダーらしき人物が、鷹華に向かって一礼する。

「おけがはありませんか、鷹華お嬢さま」

「いえ、大丈夫よ。ありがとう」

「この者たちの処置は？」

「任せるわ。警察にでも突き出しといて」

その言葉に「はい」とうなずくと、男は部下に手で指示を送った。彼らは捕まえた男たちをロープで後ろ手に縛り上げると、連行していく。

俺は呆然《ぼうぜん》と鷹華《ようか》に尋《たず》ねた。

「何なんだ、あれ？」

「うちが雇ってる、特殊警備隊。常にこちらの位置をＧＰＳで把握《はあく》していて、呼び出せばあらゆる方法で駆けつけてくれるの。それこそ、大型ヘリを使ってでも、ね」

「そんな特殊部隊まで持っていたのか……お前、本当にお嬢さまだな」

つくづくと感心していると、ふと、連行される男たちが俺たちの方を見て叫《さけ》んだ。

「おい、こんな話は聞いてないぞ！　ガキを脅《おど》かした後、適当にやられたフリをすればいいんじゃなかったのかよ！」

「何とか説明しろよ、おい！」

「……どういうことだ？」

その言葉の意味と、投げかけている相手を掴《つか》みかねて、俺は男たちの視線を追った。

だが、そこにはぽかんとした表情のさくらがいるだけだ。彼女は目を瞬《またた》かせて連れされる男たちを見ていたが、やがて俺たちの方を見ると、

「あ、ありがとうございます……？」

と、なぜか困ったような声を上げた。あまりにも唐突なことで、事態を把握しかねているのだろうか。俺は彼女の緊張を解くために、笑いかけてみせた。

「これでもう安全だよ。何なら、家まで送ろうか？」

「い、いいえ、全員捕まったなら私ももう無事だと思いますし、一人で家に帰ります……ありがとうございました」

そう言って一礼すると、そそくさと踵《きびす》を返して林道を降りていった。

あれ、何か呆気《あっけ》ないな——もうちょっとこう、喜んでくれると思ったのに。

俺が呆然としていると、鷹華が意地の悪い笑みを浮かべて脇腹をつついてきた。

「優真《ゆうま》、ちょっと格好《かっこ》つけられなくて残念なんでしょ」

「ち、違うし。そんなことねぇし」

「まあ、結局さくらも、危険に遭遇したドキドキを錯覚して、優真に惹《ひ》かれたんじゃないのかしら。吊《つ》り橋《ばし》効果って奴《やつ》よ」

「吊り橋効果ね……」

まぁ、そういうこともあるか。

俺は納得すると、鷹華の方を見て尋ねた。

「それで、俺たちはどうする？」

「どうするって？」

「デート。計画では、まだ続きが残ってるんだろう？」

「そうね……でも、変なアクシデントが入っちゃったし、疲れちゃった。今日は終わりにした方がいいかもね」

少し残念そうに鷹華《ようか》が言う。こいつにすれば、凄《すご》く気合いを入れて臨んだデートだろうに、こういう形で終わらせるのは確かに可哀相《かわいそう》だった。

何かフォローをしてあげないと――俺がそう思った時、鷹華はこっちを向いて微笑《ほほえ》んだ。

「だから、優真《ゆうま》。次は完璧《かんぺき》なデートにするからね」

「え、次？」

「そうよ。今日無理だったんだから、またやり直すのは当然じゃない……それとも何、優真はあたしと二度とデートがしたくないの？」

「い……いや、全然！」

不意ににらんでくる鷹華の迫力に圧《お》され、俺は思わず首を横に振ったが、それはまったくの嘘《うそ》というわけでもなかった。

嘘どころか、次の鷹華とのデートを想像すると心が弾む自分がいる。こいつの可愛《かわい》い顔が見られるなら、何度だってやってもいい。

だから――俺は気が付けば、勢い込んで言っていた。

「鷹華、次、またデートしような。約束だぞ！」

「え……バカね、約束も何も授業課題なんだから……きっと、何度でもできるわよ」

そう呆《あき》れたように返しながらも、鷹華も楽しそうに笑うのだった。

○

[side：another]

とあるテナントビル──薄暗く、空気の濁った一室にて。

「どうやら、作戦は失敗に終わったようだな。四〇二号」

金糸《きんし》をあしらったローブが揺《ゆ》れて、フードの下から『ミーツ会』首領《しゅりょう》の声が響いた。

同じようにローブをまとった者たち──『ミーツ会』のメンバーたちが、中央に立つ少女を見る。彼女は他の者たちのようにフードを被《かぶ》ってはいなかった。

少女は、さくらだった。優真たちといた時のような、気の弱そうな雰囲気はすっかり失《う》せている。髪は派手なスタイルに盛られ、色も染まっていた。

「ごめーん、首領。全部自分の責任かも。雇ったチンピラたちも、すべて警察に連れて行かれちゃったし……まあ、勘弁してよ」

しゃべり方もどこか軽い。少なくとも敬意を払う対象に使うものではなかったが、首領は特にこだわることもなく言葉を続けた。

「構わん、あいつらに関してはすでに根回しして、身元を引き受けておいた。大した損失でもない。むしろ、ターゲットの仲を引き裂けなかったことの方が大きいぞ」

「そこよねぇ。あそこで邪魔が入らなかったら、ピンチを経験した『吊り橋《つばし》効果』と、あたしのテクで、しっかり優真《ゆうま》クンを落とせたんだけどねー」

そして、にやりと笑う。

「だけどさ、首領《しゆりよう》。代わりに面白いことに気づいたよ」

「というと？」

「ターゲットの優真クンと幼なじみたち、どうもはっきり互いに異性として意識してないみたい。それに割とお人好《ひとよ》しそうだし、搦《から》め手よりダイレクトにいった方がいいよ」

そして彼女は周囲を見回し、自信に溢《あふ》れる笑みはそのまま、こんなことを述べた。

「あの子たちに全部話して、直接誘うの――『幼なじみ学園』を裏切って『ミーツ会』に入ってよ、ってね」

周りから、ざわめく声がさざ波のように立ち上がった――。

[side : another end]

第五章　『ミーツ会』との接触

俺が、あいつら——鷹華《ようか》、あゆな、カナの三人と、『幼なじみ学園』で再会した時のことはよく覚えている。

いや、カナとは一緒に入学したから、正確にはあゆなと鷹華と再会した時のことだ。

校庭に張り出されてあったクラス分けの紙を見た後、俺とカナはその教室に向かおうとしていた。そして下駄箱《げたばこ》で靴を履き替えている時に、横から声をかけられた。

『あ、あの！　あたしのこと、覚えてる——？』

そこにいたのは艶《つや》やかな髪と、人形のような美しい容貌《ようぼう》の持ち主だった。大きく少しつり上がった目で、うかがうようにこちらを見つめていた。

誰だろう、とは少しも思わなかった。記憶の中から突然ある少女の姿が浮かび上がり、目の前の彼女がそれに重なって見えたのだ。

『鷹華？　ひょっとして伊集院《いじゆういん》鷹華か!?』

その言葉に、少女——鷹華は顔を輝かせた。瞳《ひとみ》をうるませ、頬《ほお》を紅潮《こうちょう》させて、俺に向かって叫《さけ》ぶ。

『そうよ、あたし鷹華！　久しぶりね……ずっと、会いたかっぷ!?』

──すると突然、後ろから違う影に突き飛ばされて、鷹華《ようか》はつんのめった。

影はボサボサの髪をした少女のものだった。彼女は俺をまじまじと見ると、嬉《うれ》しそうに飛びついてきた。

『おおー、優真《ゆうま》、やっぱり優真じゃないかー、会いたかったぞ！』

『ちょっ、それ、あたしが言おうとして……』

『お前、御影《みかげ》あゆなか？　これまた久しぶりだな！』

『いやあの、あたしの挨拶《あいさつ》が終わってないってば……』

正直何か言ってる鷹華のことは気になったが、あゆなが抱きついて頬《ほお》ずりしてきたせいで身動きが取れなかった。すごい感激の仕方だが、あゆなのこの仕草に裏があることは、昔の長い付き合いでわかっている。

『優真、本当に会えて良かったー。これで高校生活、世話してくれる人が見つかったぞー』

『……お前、相変わらず他人に寄生した人生送ってるのな』

『ねぇ、優真。この子たち知ってる人？』

ふと、カナが俺の後ろから口を挟んできた。あゆなと鷹華を興味深そうに見つめている。

そんなカナと、自分を押しのけたあゆなをにらみつつ、鷹華が口を尖《とが》らせた。

『ちょっと優真、誰なのこの人たち？　ずいぶん仲よさそうだけど、どういう関係なの!?』

『私は優真の幼なじみだぞー』

『わたしも、似たようなものかな』

『なっ、あたし以外にも仲良い幼なじみが二人もいるっていうの⁉　信じられない！　優真のバカ、バーカ！』

『いや、いちゃいけないって理由もないだろ……何で罵倒《ばとう》されなきゃならないんだ⁉』

それから、それぞれの関係を整理して話すのに、一日近くの時間がかかった。そして話し終わるころには、俺の幼なじみたちも、多少は互いに打ち解け合っていた。

その後、俺たちは常に行動を共にするようになった。他に友達ができなかったわけじゃないが、この四人でいるのが妙にしっくり来たのだ。そして俺たちはいつの間にか、もっとも仲の良いグループとして、自他共に認めるようになった。

『いちゃらぶ学科』に転科した後もそれは変わらず、俺は何だかんだでこれから先ずっと、こいつらと一緒にいるものと思っていたのだ。

だけど——それはしょせん、俺の都合のいい思い込みにしか過ぎなかった。

○

「なーなー、優真ー。ジュース飲みたいー。買ってきてくれー」

「……それくらい自分で買いに行けよ」

鷹華《ようか》とのデートの、数日後。

俺は何度も肩をつついてくるあゆなに、苦笑いを浮かべた。

何しろ今、鷹華との再デートの打ち合わせをしている途中だったのだ。それを中断させてまでジュースを買いに行くつもりは、さすがにない。

あゆなが「むぅ」と不満そうな声を上げたが、あえて無視した。

「何しろ、鷹華のデートは中止になってるからな。早いところ新しいプランを進めないと
……まったく、あんな事件に巻き込まれるなんて、想定してなかったよ」

「でも怖いね。この町でそんなことが起きたなんて」

カナがふと、不安そうにつぶやく。俺たちが遭遇した事件についての詳細は、カナとあゆなにも伝えてあった。

「拳銃《けんじゅう》に麻薬取引なんて――怖くて迂闊《うかつ》に外出できなくなりそうだよ」

「それが、そこまで神経質にならなくてもいいみたいなのよね」

「どういうことだ、鷹華？」

「あの後、警備隊から報告があったんだけどね。チンピラたちの身元引受人が現れて、すぐに警察から釈放されたみたいなのよ」

「えっ？　だって拳銃と麻薬だぞ？　そんな簡単に解放されるものなのか？」

「それなんだけど、拳銃は音の鳴るただのモデルガンで、白い粉は小麦粉だったらしいの。

身元引受人いわく『ドラマの自主制作をしていて勘違いさせてしまった。本人たちは誤解をとこうとして慌てて迫り、子供たちを驚かせてしまったようだ』とのことらしいわ」

その子供たちとは、俺、鷹華、それにさくらを指すのだろう。

しかし──俺はまったく納得していなかった。眉《まゆ》をよせている鷹華も同様だろう。

「俺たち、絶対に本気で襲いかかられたよな……それがこんな簡単に釈放されるなんて、納得いかねーよ」

「あたしもそうだけど……警察がそう判断したからにはしょうがないじゃない」

「案外、警察と犯人がグルなのかもしれないよ。ドラマでそういうのあるもん」

カナがそんなことを言ったが、もしそうならかなり笑えない事態だ。俺も鷹華も、いずれまた襲われるかもしれない。

俺がそのことを告げると、鷹華は得意そうな顔で胸を張ってみせた。

「仮に襲われることがあれば、また警備隊呼んで返り討ちにしてやるわ。そうしたら、今度は警察に引き渡さずに、特別矯正《きょうせい》施設に入れて性格変わるまで拷問《ごうもん》してやるんだから」

「頼もしいな、お前……でも油断はするなよ。本当に危ないかもしれないんだからな」

「え、あ、うん……わかってるわよ。優真《ゆうま》も気をつけてね」

鷹華はそう言って、俺に微笑してみせた。

するとその様子を見ていたカナが、目を瞬《またた》かせて言う。

「……あれ、デート終わってから、何か二人とも雰囲気変わった？」

「えっ？　そうかな、そんなわけでもないと思うけど」

「そ、そうよ。別に、できるだけ素直でいようとか、心がけてないし！」

「そう、じゃあ、わたしの気のせいなのかなぁ」

台詞《せりふ》とは裏腹に、まだ納得はいってないらしく、カナは首を傾《かし》げる。

と、隣から「むー」というやや不機嫌そうな声が聞こえた。

「優真《ゆうま》、やっぱり飲み物買ってきてくれー」

「いや、だから、俺はレポート作成で忙しいんだってば。後にしろよ」

「でも、こういうのもイチャイチャのうちだろー？　私たちは『ベストカップル』目指すんだし、色々と体験しておかないとー」

「だから、前にも言ったと思うけど、『ベストカップル』を目指すのはお前とだけってわけにはいかないんだ。俺は鷹華《ようか》とカナのパートナーでもある。二人にも協力しないといけないからな。お前だけ特別扱いはできないよ」

「でも、でも……」

あゆなは気落ちしたようにうなだれた。その仕草と声は、いつもと違ってどこか寂しそうだった。俺は、なぜか良心が痛むことに気づき、驚く。

（いやいや、俺は何も悪くないだろう。甘えすぎなあゆなが悪いんだし）

俺は自分に言い聞かせると、こほんと咳払《せきばら》いをした。

「とにかく、カップル狩りの噂《うわさ》もまだ続いているみたいだし、今町がおかしなことには違いないんだ。全員、充分に注意してだな……」

――その時である。

「ちーっす！　優真くん、鷹華ちゃん、いる～？」

いきなりそんな明るい声が聞こえ、俺たちは声のした方向――教室の入り口の方を見た。

そこでは、一人の少女が立ってこちらに手を振っていた。明るい色に染めた髪を盛り上げ、メイクやアクセサリもつけた、どこかギャルっぽい女の子である。学年は一つ上らしく、上履きの色が違った。

俺たちを見つけて、笑顔で手を振ってくる。

「やっほ～。久しぶり」

「ひ、久しぶり……？」

親しげに声をかけられたものの、どこの誰かさっぱりわからない。ただ、どこかで見たことあるような気がするんだけど。

と、鷹華がわなわなと震えながら、俺の肩をつついた。

「ね、ねぇ。優真、あの人……さくらじゃない？」

「え、何言ってるんだ。さくらは確か、もっと大人しい格好と髪型で……」

言いながら、俺は記憶にあるその髪型と格好で、目の前の派手な少女を上書きしてみる。

——ぴったり一致する!?

「え、え、え!? それじゃ、やっぱりさくらなのか!?」

「いえ～す」

あくまで軽いノリで答えてから、ふとさくらは親指で上を示した。

「とりあえず、訳ありの話あるんだけど、屋上に来てくれない？ そっちの幼なじみちゃんたちも一緒にさ」

俺は他の三人と顔を見合わせると、よくわからないままうなずき返した。


「「「「はぁ？ 『ミーツ会』!?」」」」

俺たちは思わず大声を上げていた。人気《ひとけ》のない屋上に、声が響き渡る。

さくらは俺の唇に指を当てると、ウィンクして言った。

「こらこら、ちょっと声が大きいぞ。一応秘密の話なんだからさ」

そして、少し声を潜めてから言葉を続ける。

「そう、改めて言うけど、この町には『ミーツ会』っていう組織があるの。その活動目的は、『幼なじみカップル』を撃滅し、『ボーイ・ミーツ・ガール』を普及することにあって、あたしはその一員ってわけ」

さくらが言ってることは、あまりにも突拍子がなく、俺は「はぁ……」とつぶやいた。

彼女いわく、一〇年ほど前に『幼なじみ学園』ができて幼なじみ同士のカップルを推奨するようになってから、この町そのものが影響を受けてきて、今若者の間では恋愛といえば幼なじみ同士でするもの、という感覚が一般的になりつつあるらしい。

その風潮《ふうちょう》に真っ向から逆らうべく、数年前に結成されたのが、『ボーイ・ミーツ・ガール』――つまり新しい出会いを尊重《そんちょう》する組織、『ミーツ会』なのだった。彼らは地道にその数を増やしていき、今ではこの町に数百人の構成員が存在するのだという。

最終的な目的は、世界中をミーツカップルで覆い尽くし、幼なじみのカップリングを淘《とう》汰《た》することだとか。

「だって、幼なじみとしか恋愛できないなんて、つまらないっしょ。色々な出会いがあってこその恋愛だと思うのよね。キミたちもそう思わない？」

「いや、別に俺的にはどっちでもいいんだけど……」

俺はつぶやきながら、ふと疑問に思ったことをさくらに尋《たず》ねた。

「でも、さくらはこの学園の生徒だよな。幼なじみカップルが嫌なら、何で入学したんだ？」

「それは……あたしだって最初から『幼なじみカップル』に反対していたわけじゃなかったし。でも、色々あってね……何が何でも幼なじみっていう風潮が馬鹿馬鹿しく感じはじめたわけ。だから、『ミーツ会』のことを知った時に参加することにしたの」

なるほど、確かに俺だってこの学園に入った時に、まさか自分が『いちゃらぶ学科』に入るとは思わなかったしな。

俺が納得していると、今度はカナが、恐る恐ると手を挙げた。

「あの、間違ってたらすみません……前に幼なじみを対象にしたカップル狩りが横行しているって噂《うわさ》を聞いたんですけど、それってひょっとして……？」

「ああ、あたしらだね」

さくらはあっさりと答えた。

「最近になって数も拡大化されたから、活動も活発になってきたのよ。最初は行きすぎて単純な暴力に走った奴《やつ》らもいたけど……それはやりすぎってことで、そういうのは厳重注意の上除名処分したわ。今は、裏工作で仲を引き裂くことが多いね」

「裏工作ねぇ……待てよ、じゃあ、この前俺たちと出会った時のことも？」

「そ。あなたたちを引き裂くためのトラップだったの。ドキドキな事件を引き起こして、吊《つ》り橋《ばし》効果で優真《ゆうま》クンを落とすつもりだったんだけど……いやぁ、うまくいかないものね」

「ちょ、ちょっと、何さらりととんでもないこと言ってるのよ！　あんた、あたしたちを騙《だま》そうとしたの⁉　しかも、優真の善意につけこんだりして……絶対に許さない！」

鷹華《ようか》が拳《こぶし》を固めて叫《さけ》んだ。それだけ義憤にかられているのだろう。正直俺も、いい気持ちはしなかった。あの自分たちを頼ってきたさくらの態度が、全部演技だったなんて——

怒りを通り越して、呆《あき》れてくる。

だが、さくらは両手を合わせてから、拝むように頭を下げた。

「まあ、それは悪かったと思ってるわ。ちょっとあくどいやり方だったしね。反省してる、ごめんなさい」

そして、そのまま顔を上げて、ウィンクしてみせる。

「ごめんなさいついでに、頼みがあるんだけどな……これが、今日あんたたちを訪ねた、一番の理由なのよ」

「頼みー？　何だ、それー？」

「あんたたち、『ミーツ会』の一員になってくれない？」

「「「……は!?」」」

唐突な要求に、俺たちは目を丸くした。さくらは平然と言葉を続ける。

「色々調べたよ。あんたらってさ、何も互いに恋愛感情持ってるわけじゃないんでしょ。しかも、『幼なじみ学園』側から強制的に『いちゃらぶ学科』に入れられたらしいじゃない。でも、それって学園の言いなりになってるみたいで悔しくない？」

「そりゃまぁ、そう思ったことがないわけじゃないけど……」

「でしょう!?　その点、うちの『ミーツ会』なら自由に学園生活送れるわよ。あ、もちろんあんたら同士で恋愛されるのは困るけど。幼なじみカップルは排斥《はいせき》する主義だからね」

　ここで声を潜めて、悪戯《いたずら》っぽく言う。

「でも、それ以外なら恋愛も自由。何なら、『ミーツ会』の会員同士で合コンもやったりするよ。新しい出会いとか、あるかもしれないよ～」

「ご、合コン!?　合コンって、あの合コンですか!?」

　カナが顔を赤くして叫《さけ》んだ。俺もなんとなく、気分がそわそわしてくる。合コン。テレビとかでしか見たことがないが、その響きには憧《あこが》れを感じる。別に異性と出会いたいとかではなく、何か大人っぽくて格好《かっこ》いいからだ。カナや鷹華《ようか》も同じらしく、ぼうっと宙を見つめていた。

　と、鷹華が我に返ったように言う。

「いやいや、だからってそんな怪しい組織に入るわけないじゃない！　それに、あたしたちを騙《だま》したあんたのことだし、この話にも何か裏があるんでしょ!?」

「まぁ、まったくないとは言わないけどね」

　さくらは肩をすくめてみせた。

「こちらとしては、あなたたちが『幼なじみ学園』の旗印になるのが怖いのよ。『ＣＦレベル』が人並み外れて高い幼なじみのカップルが成立し、学園の代表カップルかつ宣伝材料になる。この事実は、幼なじみカップル排斥《はいせき》派としては脅威になるわ。だから、逆にこちらの手で隔離しておきたいわけ」

「なるほど、はっきりと言うな」

「今回は手の内明かさないと信用得られないからね。そういうわけで、お願い、『ミーツ会』に入ってよ。そして、少しずつレポート提出を放棄《ほうき》して『いちゃらぶ学科』からフェードアウトして欲しいの。都合のいいお願いとはわかってる。でも、『いちゃらぶ学科』所属による特典を手放す代わりに、こちらから違う特典を保証するわ」

「特典ー？　どんなだー？」

「まず、学園で余裕をもった生活ができるよう協力する。例えば宿題とかやってあげたり、試験勉強を手伝ったりね。それから、町内の割引の代わりに、こちらから月に小遣いをあげてもいいと首領《しゅりょう》は言っているわ。最後に、『ベストカップル』と同じく、何でも一つ願いを可能な限り聞くという特典もつけるそうよ。ただし、叶《かな》えるのは学園卒業時だけど」

「……至《いた》れり尽《つ》くせりだな」

それだけ、こちらを『ミーツ会』に引き入れたいということか。まあ、俺としても学園に無理矢理《むりやり》『いちゃらぶ学科』に入れられて釈然《しゃくぜん》としないところもあったから、この提案に正直魅力を感じなくもない。

しかし――ふと俺が振り返ると、鷹華がうなずいて答えた。

「あたしは断るわ。確かに学園のやり方は強引だけど、でも一度は自分で決めたことだもの。安易に他に乗り換えたくはないわね」

「わたしも……それに『ミーツ会』は物騒な気配がするし、ちょっといやかなぁ」

カナも渋る声を出す。俺も前に向き直り、さくらに告げた。

「そういうわけだ。やっぱり普通に考えて、こんなスカウト受けられるはずがない。悪いけど、話は聞かなかったことにさせてもらうよ」

その言葉に、さくらは少し眉《まゆ》を寄せてから、拝むようにして言った。

「えー、そんなこと言わないで協力してよ。ね、お願いだからさ、助けると思って……せめて、一人でもいいから」

「いや、そんなこと言われてもな……」

結構切実な訴《うった》えに俺が閉口していると、ふと後ろから声が上がった。


「それなら、私が協力するー」

「「え!?」」


鷹華《ようか》とカナが驚き、声を上げる。

提案者は、あゆなだった。

「ちょ、ちょっと、あゆな正気? それって、優真《ゆうま》とのカップリングをやめるってことよ?」

「『いちゃらぶ学科』にも所属できなくなるんだよ。本当にいいの?」

「私は元から特典目当てだったしー。それ相応の対価があるなら全然構わないー。それに」

ふと、あゆなは俺の方を見て、少し複雑そうな表情をした。

「優真は一人しかいない。『ベストカップル』に選ばれるのも一人だけ。選ばれるかどうかわからないものに賭《か》けるよりは、同じ特典がつくこっちにつくべき——一生養ってもらうことは可能かー？」

「首領《しゅりょう》はお金持ちだしね。それくらい構わないと思うよ」

「おっけー。だったら、商談成立だー」

そう言って、さくらとハイタッチした。

呆然《ぼうぜん》と見つめる俺に対して、ぺこりと頭を下げる。

「じゃあ、優真ー。短い間だけど世話になったなー」

「え？」

「『いちゃらぶ学科』頑張ってくれー。私も応援してるぞー」

そして彼女はさくらに連れられて、屋上を後にした。

俺もカナも鷹華も、呆然とその姿が消えた扉を見つめるばかりだ。

「そんな、あゆな……」

こうして——あまりにも唐突に——あゆなは俺たちのもとから離れたのだった。

○

あゆなが『ミーツ会』のもとに去ってから、数日が経《た》った。

去った、と言っても別に引っ越したとかではない。だから教室では必然的に顔を合わせるし、喋《しゃべ》ったりもする。が、それだけだ。前みたいに何かと甘えてきたりはしない。

話をぽつぽつと聞いたところによると、『ミーツ会』では結構うまくやってるらしい。自分は何もしなくていいが、周りは色々と世話をしてくれるそうだ。さくらを中心に女性構成員が面倒を見てくれ、宿題や送り迎えもやってくれるので、すごく楽だという。

「この前は、買い物も行ったぞー。すごく楽しかったー。お小遣いもらえたしなー」

そんなことを報告するあゆなは幸せそうで、俺としては何も言えなかった。

ただ——何か寂しい。デートの会議する時ジュースをねだる奴《やつ》も、登下校時に「おぶってくれ～」と抱きつく奴も、今はいないのだ。確かに教室には存在するが、もしも『ミーツ会』の要望を飲むならそれも時間の問題、やがては『普通学科』の教室に移るだろう。

ちなみに、鷹華《ようか》は最初は「あの裏切り者～」とか腹を立てていたが、やがて何も言わなくなった。あゆなのことを心配していたカナも同様だ。

一度だけ、二人が俺にこう尋《たず》ねたことがある。

「ちょっとよかったの、優真《ゆうま》？　あゆなを止めなくて。何なら今からでも……」

「いや、これはあゆなが決めたことなんだ。俺には、それを止める権利はない」

「でも、『ミーツ会』って何か怪しげなところだよ。引き戻してあげた方が……」

「……それでも、あゆながやるって決めた意志を、俺は尊重《そんちょう》したいんだ」

そうだ、あゆなを本当に大切に思うなら、俺は下手に口出ししないでおくべきだろう。

そのことを告げると、鷹華とカナは顔を見合わせたものの、何も言わなかった。一応、納得してくれたのだろうか。

また、『ミーツ会』のことを学園長に報告した方がいいのではないかとも言われたが、それもできなかった。下手に報告すれば、一緒に活動しているあゆなも何かしらの処罰を受ける可能性がある。それは避けたい。

だから、俺は事態を静観《せいかん》することにした——そんな、ある日のこと。


「「「『レポート発表』？」」」

「ええ、あなたたちなら、できるのではないかと思いまして」

驚きの声を上げる、俺、鷹華、カナの前で、学園長が眼鏡をいじりながら答えた。

場所は学園長室。俺たちは休み時間に、校内放送で呼び出されていた。

学園長いわく、俺たちに内容のしっかりした恋愛のレポートを作成してもらい、そしてそれを全校生徒の前で発表してほしいとのことだった。それにより『いちゃらぶ学科』の活動を生徒全体にアピールし、さらに俺たち『CFレベル』が高い生徒のカップルを、看板として掲《かか》げる効果があるとのことである。

俺たちは、当然ながら面食らった。生徒の前でレポート発表とか、やったことがない。しかも内容は自分たちのいちゃいちゃ体験についてなのだ。

「あ、あの、さすがにそれはちょっと、恥ずかしいかなーって思うんですが」

カナが顔を赤らめつつ、もじもじと指をいじりながら言った。

鷹華《ようか》も噛みつくようにして、学園長に訴《うった》える。

「あたしたちまだ一年生じゃないですか！　デートの体験だって、少ししかしていないのに、そんなの急すぎます！」

だが、学園長は平然と手元のレポート用紙に目を落としながら答えた。

「あなたたちからもらったレポートは、私も目を通しています。最初のころが嘘《うそ》のように、最近は恋愛の体験についてよくまとめられていると思います。これだけのものができるなら及第点でしょう。後は、あなたたちが学園を代表するカップルという事実だけで、イベントは開催できます」

「はぁ……」

俺は唖然《あぜん》とつぶやいた。俺たちのレポートが一応褒められたのは嬉《うれ》しいけど、結局のところこの企画で大事なのは『CFレベル』の高さらしい。努力の結果より生まれ持ったものを評価されるのって、何か釈然《しゃくぜん》としない。

と、学園長は目線を上げると、きょろきょろと俺たち全員を見比べるようにして言った。

「ところで、ずっと疑問に思っていたのですが……御影《みかげ》さんはどうしたのですか？」

「「あっ」」

「え、えっと……体の調子が悪いって、保健室にいきました」

俺と鷹華が声を上げ、カナが慌ててフォローに入る。

校内放送を聞いたあゆなは、「たぶん『いちゃらぶ学科』に関わることだろー。私、そういうの参加できないんで、よろしくー」と俺たちに言い残し、どこかへ消えてしまった。

『ミーツ会』に所属している手前、確かにそういうことになるが——俺はふと思った。この企画にあゆなを参加させることは、恐らく今後無理だろう。だったら、今のうちに学園長に尋《たず》ねておいた方がいいのかもしれない。

「あの、先生。質問があるんですが」

「何でしょう？」

「今後、あゆなが参加できないとして、俺たちはその企画を行うことはできますか？」

「……！　ちょっと、優真《ゆうま》」

驚いたように鷹華が声を上げるが、俺は無視した。言いたいことはなんとなくわかる。あゆなが『いちゃらぶ学科』を辞めると、宣言しているように感じたのだろう。

だが、実際にあゆなは『ミーツ会』に行ってしまった。あいつの意志を尊重《そんちょう》するなら、俺たちにそれを止める権利はない。なら、この前提で話を進めるしかないじゃないか。

俺の言葉に、ふと学園長は首を傾《かし》げたが、すぐに口を開いた。

「こちらとしては、構いませんよ。最低一組でもあれば、企画は進めるつもりです」

「そうですか。そういうことならわかりました。俺たちも、その企画引き受けます」

「それは助かります。でも、いいのですか？」

「どうせ、断っても強制的に参加させるんでしょう？　なら今のうちに腹をくくりますよ」

俺は冗談半分にそう言ったが、意外にも学園長は首を横に振った。

「いえ、そうではなく……御影《みかげ》さんのことです」

「え？」

「御影さんとのデートのレポート、なかなか良かったと私は思います。あなたと彼女は良好な関係を築いているのですね。それなのに、もしもパートナーから外れるようなことがあれば、かなり惜しいと思うのですが」

「それは――」

「……いえ、差し出がましいことを言いました。判断はあなたたちにゆだねたいと思います。詳細は追って連絡しますので、しばらくお待ちください」

そう言って、学園長は一礼した。話は終わったということなのだろう。

俺たちも一礼すると、学園長室の外に出る。どこか重い空気が体にまとわりついているような気がして、俺は何となく嘆息するのだった。

[side：another]

放課後、あゆなはぶらぶらと町中を歩いていた。

『ミーツ会』に所属してから、自由な時間が増えるようになった。前は『いちゃらぶ学科』の打ち合わせなどで忙しかったので、放課後をこんなに自由に歩けることはなかった。結構なことである。

（構成員の人たちも、割と気さくな人多いしなー）

町のそこかしこに用意されているアジト――テナントビルやマンションを借りているケースが多かった――で、何人かの構成員と顔を合わせたが、誰もが意外と優しく親身にあゆなに接してくれた。

もっともこれは、首領《しゅりょう》が彼女を紹介する際に大仰しい言葉を放ったこともあるだろう。

『諸君、ここにいるのは「幼なじみ学園」の象徴として「いちゃらぶ学科」に所属していた者である。彼女は学園の意志に反し、我々についてくれた誇り高き反逆の使徒、現代のジャンヌ＝ダルクだ！　よって会員ナンバーではなく、本名の「御影あゆな」として彼女を扱い、特別名誉構成員の称号を与えよう。彼女には敬意を持って接するように！』

少し恥ずかしかったが、サブカルチャー好きで少し厨二病《ちゅうに》を患っているあゆなとしては、この特別扱いが心地よかった。それに首領《しゅりょう》の命令は絶対なのか、皆《みんな》はあゆなに敬意を払って接してくれたし、中には親友のように親しくしてくれるものもいた。

なお、構成員の全員が素顔をさらしているわけではなかった。『ミーツ会』はローブが制服なのだが——あゆなも渡されている——そのフードを目深に被《かぶ》って顔を隠しているものも多数いた。どうやら、素顔を見られると困る立場の者もいるらしい。

その中には名家の人間も多くいるようで、『ミーツ会』がこの町中で広く活動できるのもこの辺にからくりがありそうだが、あゆなにとってはそれはどうでもよかった。

重要なのは、自分は特別扱いを受ける立場であり、その特典で自由に買い物ができるという事実である。今日は欲しかった漫画を買いに行くべく、商店街を歩いている。

（本当、極楽だなぁ、この生活はー）

胸中でつぶやきながら、彼女は近くの店にあったショーウィンドウを見つめた。

だが、そこに映る自分は、あまりにこやかな顔をしていなかった。

思わずため息を吐《つ》き、彼女はウィンドウに手を当て、ふとつぶやく。

「これでよかった、よね……？」

ガラスに映る自分は、何も答えてくれはしなかった。

彼女は一つ息を吐くと、前髪を右手でいじり、すぐに前に向き直って道を歩き始めた。

[side : another end]

○

「そろそろ鷹華《ようか》とのデートプランを本格的に練らないといけないな。それに、学園長が言っていた発表会のことも気になるし……本当に忙しいな」

とある日の昼休み。喉《のど》が渇《かわ》いていた俺はそんなことをつぶやきながら、校舎の外側、昇降口近くに備え付けてある自動販売機へと向かっていた。

ため息を吐《つ》く。そらで言えるほど、やるべきことは把握《はあく》しているものの、今のところそのすべてが停滞していた。原因はわかっていて、あゆなが欠けているからだ。あゆなのことが気になって、『いちゃらぶ学科』の活動そのものに身が入らない。

鷹華も察してくれているのか、デートが遅れていることに特に文句は言わない。ただ、時々不満そうに目で訴《うった》えてはいるが――俺はそれに応《こた》えられない自分の不甲斐《ふがい》なさを痛感しつつ、同時に、あゆなのことは割り切るしかないと自分に何度も言い聞かせる。

(俺は、あゆなを大切に思っているんだ。だから、あいつの意志を尊重《そんちょう》し、あいつがいない現在《いま》に慣れるしかないんだ)

――だが、時々ふと、心の中のもう一人の俺が尋《たず》ねてくる。

本当にお前は、あゆなを大切に思って『ミーツ会』行きを肯定したのか？——と。

（……いや、そうに決まってるさ。他に、理由なんてあるはずがない）

俺は自分にそう答えると、硬貨を取り出し、自販機に入れてボタンを押した。

紙パックのジュースを取り出し、喉を湿らせる。と、後ろから声をかけられた。

「やっほー、優真《ゆうま》クン。お久しぶり」

笑顔とともに手を上げてきたのは、さくらだった。

「何だ、さくらじゃないか。また何か用か？」

「うん、もちろん。またあなたたちに勧誘かけようと思ってね」

「勧誘？」

「そう。『ミーツ会』に入らないかっていう勧誘。前の時は少しでも引き抜きたくて、一人でもって言ったけど、実際の話あゆな一人だけじゃ勧誘の効果は薄いのよね」

確かに、それはそうだろう。俺たち『ＣＦレベル』が高い生徒のカップルが一組でもあれば、『幼なじみ学園』としては宣伝材料として充分だからだ。逆に『ミーツ会』から見れば、一組でもいれば脅威ということになる。

「そういうわけで、できれば全員来て欲しいわけ。何なら、優真クン一人でも来てくれればいいんだけどな。そうしたら、カップルは不成立だしね」

これも理に適《かな》っているが、俺は当然ながらかぶりを振った。

「断るよ。鷹華《ようか》とカナが、『いちゃらぶ学科』にいることを望んでるんだ。俺はその期待に応《こた》えたい」

「え、その二人基準で決めるの？　キミの意志は？」

「それは、今はどうでもいいかな。あの二人は──あゆなもそうだけど──大切な幼なじみなんだ。だから、あいつらのことを俺は尊重《そんちょう》したいんだよ」

俺の言葉に、さくらは目を瞬《またた》かせた。

「ふーん……それじゃ、鷹華ちゃんとカナちゃんが『ミーツ会』に行くと言ったら、キミはどうするの？」

「さぁな。パートナーがいなくなったら『いちゃらぶ学科』にはいられないだろうし……あいつらが望むなら一緒に『ミーツ会』に入るかな。幼なじみの間でも、カップルにさえならなければ入ることはできるんだろう？」

「それは、ま、そうだけどね……」

そう言って、肩をすくめるさくら。何だろう、どこか呆《あき》れたような、それでいて哀れむような感情が伝わってくる。俺、何か変なことを言ったのだろうか。

と、一度目を閉じてから、さくらは真面目な表情でこう告げてきた。

「ねぇ、あゆなちゃんが今、どんなことをしているか知りたくない？」

「『ミーツ会』での活動か？　そういえば、本人あまり話さないな……何をしているんだ？」

「……カップルの縁切りよ」

「え？」

「幼なじみカップルの撃滅が『ミーツ会』の目的と言ったでしょう。だから、そのためにカップルを別れさせる作戦の手伝いをしてもらってるの。男の方に恋人と偽《いつわ》って『捨てないで』と泣きついたり、女の悪い噂《うわさ》をそれとなく広めて男の耳に入るようにしたりしてね。当人、なかなか楽しそうよ。才能もあると思うわ」

「ちょ、ちょっと待てよ！　それじゃ、悪事の片棒担がせてるのか？　そんなの、許されるもんか！　あゆなを返せよ！　あいつに、そんなことをさせるわけにはいかない！」

腹の底から怒りを感じ、俺は叫《さけ》んだ。しかし、さくらは冷笑するだけだ。

「何言ってるの、『ミーツ会』の行動は最初に説明したじゃない。それを知って止めなかったのは、優真《ゆうま》クンなんだから。それに、言われてやってるのはあゆなちゃんの意志よ。キミにそれを止める権利ってあるわけ？」

「そ、それは……」

俺は焦った。さくらの言う通りだった。あゆなが『ミーツ会』に入ると決めたときに、こうなることは予測できただろう。それなのに、あゆなを止めなかったのは俺の落ち度だ。

いや、そもそも、あゆなを止めることは俺にはできない。彼女を大切にするって、決めたのだから。それは、あゆなの決めたことを大切にするってことでもある。

しかし——俺が悩んでいると、ふとさくらが冷たい表情を緩めた。

「——嘘《うそ》よ」

「え？」

「大事な作戦に、入ったばかりの新人を使うほど、あたしらは人を信じていないのよ。まずは様子を見てから……あゆなちゃんはのんびりと、特別待遇でもらった小遣いで、買い物とかを楽しんでいるわ」

「そ、そうか……」と安堵《あんど》の息を吐く俺に、さくらは目を細めると、

「でも、いずれ信用を得たら活動には参加してもらうから、結果的には変わらないかもね……まぁ、あゆなちゃんを大切にしたいなら、せいぜい指をくわえて見ておきなさいよ。後悔のないようにね」

そう言って、踵《きびす》を返し立ち去ってしまった。

その後ろ姿を見ながら、俺はぼんやりとつぶやいた。

「いずれ、そうなる……後悔のないように……」

本来なら、あゆなを止めるべきだろう。だけど、俺はあゆなを大切にしたい。あゆなの意志を、侵害したくないんだ。

——一体、どうすればいい？

俺は呆然《ぼうぜん》と自分に尋《たず》ねたが、答えは出てこないままだった。

第六章　大切な人、必要な人

放課後になって、下校する時も俺の心はどこかうわのそらだった。

昼休みのさくらとの会話が、まだ胸の奥に響いているのである。

このままではあゆなはいずれ『ミーツ会』の悪事に手を染めることになるだろう。

でも、あの時あいつは、自分から『ミーツ会』に入ると言ったんだ。それを引き留《と》めるということは、あいつの意志を尊重《そんちょう》しないってことじゃないか――。

俺が悩みながら歩いていると、ふと後ろから声をかけられた。

「見つけた！　優真《ゆうま》、いきなり何も言わずに帰るなんて、水くさいよ～!?」

「あ、カナ……悪い、考え事をしてたから……声をかけそびれちまった」

俺の返事に、カナはきょとんと首を傾《かし》げる。

「え、考え事？　優真がそこまで気を取られるなんて珍しいね。どんなことなの？」

「……それが」

俺がさくらとの会話を伝えると、カナは難しそうに眉《まゆ》をよせた。

「なるほど、なかなか難しい話だね……でも、優真はあゆなちゃんのこと思って、『ミーツ会』に入るのを止めなかったんでしょう？」

「その、つもりだけど……俺にとっては、あゆなも、そしてお前たちも大切だからさ」

「うーん……だったら、別にいいと思うんだけどなぁ」

腕を組んでみせてから、ふと気づいたように尋《たず》ねてきた。

「前から思ってたんだけど、優真《ゆうま》ってわたしたちのこと、よく『大切』とか『大事』って言ってくれるよね。それは嬉《うれ》しいんだけど、少し過剰《かじょう》じゃない？」

「え、そうかな？」

「うん、大体一言目か二言目には言ってる気がするよ。まるで何かにとらわれてるみたいに……どうして？」

その言葉に、俺は少し戸惑った。答えていいものかどうか悩んだのだ。少し話が湿っぽくなる気がする。だが、そこまでもったいぶるのも違う気はするし――。

俺は悩んだ末に、結局すべてを話すことにした。

「俺に教えてくれた人がいるんだ。大切な人のために生きるのが、人間として一番幸せな生き方なんだって」

「へぇ、いい言葉だね。それ、誰が教えてくれたの？」

カナの問いかけに、俺は少しだけ息を吐くと、空を見上げた。自分でも感傷的になってるのがわかる。少しだけ首を振ってそれを追い払うと、肩をすくめて答えた。

「……俺の母さん」

「え？　優真の母さんって確か……」

「そう、病気のせいでとっくの昔に亡くなってる……俺にこのことを教えてくれたのは、病院のベッドの上だった」

その時の記憶が、俺の脳裏《のうり》に蘇《よみがえ》っていた。


――俺の母さんが死んだのは、俺が小学校三年生の時だった。

元々体が弱かった母さんは、何回も入退院を繰り返していた。そして俺が小学校に入った辺りから、ずっと入院するようになったのである。

病気に苦しむ母さんを見るのは辛《つら》かったし、母さんをいずれ失うだろうという事実に恐怖も覚えた。しかし、それ以上にその時の俺を支配していた感情は、『怒り』だった。

その原因は、父親にあった。

俺の父親――父さんは、母さんが病気で入院していても、ろくすっぽ見舞いにも来なかった。そしてとうとう、死に目にも会わなかったのである。

どれもこれも「忙しいから」と、仕事を優先した結果だった。

俺はとても悔しかった。そんな薄情な父さんでも、母さんは会いたかったに違いない。何度も話題に出していたから。

母さんが死ぬ前、俺は母さんの見舞いにずっと行っていた。その時に一度、思い切って父さんを誘ってみたが断られた。俺は憤然《ふんぜん》とし、そのことを母さんに愚痴《ぐち》ったのだ。

『母さん、父さんはおかしいよ！　母さんがこんなにしんどそうなのに、一度も見舞いにこないなんてさ！　あんなひどい奴《やつ》だなんて、思いもしなかった！』

『優真《ゆうま》、お父さんにはお父さんの考えがあるのよ』

『仕事のことだろ？　でも、それで母さんを放っておいていいってことにはならないじゃないか！　だって、母さんは、母さんは……』

いつ死ぬかわからない。その言葉は、恐怖のあまり飲み込んだ。

そんな俺の頭を撫《な》でてくれながら、ベッドの上の母さんは言ったのだ。

『お父さんは、私のことを考えてくれているのよ。私にはわかるわ』

『嘘《うそ》だ、ここにいないのにどうして母さんのことを考えてるんだよ！　あいつは、自分と自分の仕事のことしか考えてない！』

『いいえ、お父さんは私のことを大切にしてくれてるの。だから働いてるのよ』

そして、微笑《ほほえ》んでから真《ま》っ直《す》ぐに俺の目を見て言った。

『優真、あなたもいつか大切な人を見つけなさい。そうしたらわかるわ。お母さんが言ってることが。そして、お父さんの気持ちが』

『母さん……』

『そして約束して、大切な人のために生きるって。それが、人間一番幸せな生き方なのよ』

俺はうなずいたけど、その『大切な人』が具体的に誰に当たるのかは、わからなかった。
だから決めた。とりあえず、自分の周りにいる人はすべて大切にしていこうと。そして
その大切な人のために生き、期待に応《こた》えられる人間になろうって――。

通学路を歩きながら、俺がすべてを語り終えた後。

カナはしばらく目を閉じていたが、やがてしみじみとした声で言った。

「そうか……周りにいる人全部を、大切な人って考えてるんだ。だから優真は、わたしたち幼なじみや友達を、大事にしてるんだね」

「ああ。そして俺は父さんみたいに自分勝手な人間にはならない。その人の意志を尊重《そんちょう》できるように、その人のやりたいことを叶《かな》えたいんだ……自分のやりたいことだけをやる、エゴイスティックな、自分勝手な人間にはならない」

「ふーん……」

つぶやいてから、カナは少し考えこみ、不意に俺の目を、大きな瞳《ひとみ》で覗《のぞ》き込《こ》んでくる。

「でもさ、優真。わたし思うんだけど……人を大切にするのって、すごく自分勝手な行為じゃないのかな」

「え？」

あまりにも意外な意見に、俺は呆然《ぼうぜん》とした。

カナは前に向き直りながら、一つ一つ選ぶかのように言葉を続ける。

「わたしね、その、優真《ゆうま》のこと弟みたいに大切だよ。でも、優真は弟扱いされるのあまり好きじゃないよね。じゃあ、わたしは優真のことを弟扱いしない方がいいのかっていわれると、それも違う気がするんだよ。だって、他に大切にする方法知らないんだもん……だから、わたしは優真のことずっと弟のように大切にしたいと思う。それって迷惑かな？」

「いや、そんなことはないけど……」

正直、少しは同い歳《どし》として見てほしい気持ちもあったけど、俺はとりあえずそう答えた。

カナの世話焼きに、少なからず助かっているところもあるわけだし。

ほっとしたように胸をなでおろしてから、カナは言葉を続ける。

「同じように、優真の『誰かを大切にしたい』って気持ちも、エゴに入るんじゃないかと思うんだよ。人って、人のことを、自分なりにしか大切にできないもん。でも、だからこそ、一生懸命に考えるわけだし、優真もわたしたちのことを色々と考えてくれてるんだよね——そのことは、わたしもすごく感謝してるよ。優真の気持ち、とても温かいから」

そして、ふと気が引けるような顔で、俺の方を見た。

「だからってわけじゃないけど……今回のあゆなちゃんのことについては、わたし、優真があまり色々と考えてなかったように思えるんだよ。妙に冷たかったっていうか……」

「え……いや、そんなことはないぞ……俺はあゆなの意志を尊重《そんちょう》して……」

「うん、確かにそれはあるね。でも……わたし、あまり頭良くないから、うまく言えないんだけど……いつもの優真だったら、『ミーツ会』に入ろうとしたあゆなちゃんを引き留《と》めていたと思うんだよ。だって、傍《そば》にいないとちゃんと大切にできないもん。実際に優真、わたしと鷹華《ようか》ちゃんに関しては、傍にいてくれようとしていたでしょう？　あゆなちゃんにそれをしなかったのは、意志を尊重というより……別の理由があったんじゃないかな？」

その言葉に――俺は頭を殴られたような衝撃を覚え、足を止めた。

心の中のもう一人の自分が、俺に向かって尋《たず》ねていることを思い出す。

――本当にお前は、あゆなを大切に思って『ミーツ会』行きを肯定したのか？

（もしも、それが違うとしたら……！）

俺の態度に驚いたのか、同じく足を止めたカナに向かって、ゆっくり視線を向ける。

「おい、カナ……」

「わ、ごめん、余計なこと言った!?　気にしないで、わたし、あまり頭良くないから！　今言ったことも、ほんの思いつきだし！」

「……いや、違うよ。カナの言う通りだ。俺、とんでもない間違いをしていた！　俺はあゆなのこと、大切に思ってなかったかもしれない……早く、あゆなに謝らないと！」

しかし、今あゆなはどこにいるんだろう？　とりあえず、携帯に電話して居場所を聞くべきだろうか。でも、あいつ面倒くさがりで、電話に出ないことも多いんだよな――。

俺がそんなことを考え込んでいると、ふと後ろから声がかかった。

「あゆななら、すぐ見つけられるわよ」

「鷹華《ようか》？　お前、いつからそこに？」

「割と最初の方から……ごめん、盗み聞きするつもりはなかったんだけど、深刻そうな顔で話してるからね、つい後をつけて話をこっそり聞く形になったの」

「……それを盗み聞きって言うような気もするけど」

カナが苦笑するが、鷹華はすました顔で手にしたスマートフォンを示した。

「それで、話の流れ的に必要かと思って先に調べておいたわ」

「えっ、調べたって何を？」

「もちろん、あゆなの居場所よ。うち専属の諜報《ちょうほう》機関を動かして、すぐに突き止めたの」

……それで、どうするの優真《ゆうま》？」

質問というより、確認するような鷹華の言葉に、俺は即答した。

「決まってる、あゆなに会いに行こう。鷹華、場所を教えてくれ！」

あゆなは国道沿いの本屋にいた。以前に公園デートする前、コミックを買い漁《あさ》った店だ。

入り口の自動ドアを開けて出てくる姿を、俺はちょうど見つけることができた。慌てて近づく。鷹華とカナも、遅れてついてきた。

「おい、あゆな！」

「……優真？」

あゆなは呆然《ぼうぜん》として俺を見た。思いがけない場所で出会ったので驚いたのだろう。ろくに声も出せない様子で立ち尽くした。

その間に俺も呼吸を整えたかったが、それは後に回してとりあえず声を絞り出した。

「あゆな、頼みがある。お前に聞いてほしいことがあるんだ」

「……聞いてほしいこと？　何だー？」

「俺、お前が『ミーツ会』に入ることに、特に何も反対しなかった。それがお前のためになるって思って……でも違ったんだ。それは俺が自分にそう言い聞かせたかっただけだ」

「え？　それって、どういう……」

「あゆな。俺は、本当はお前に『ミーツ会』から抜けてほしい……だって俺は」

しかし、すべてを言う前に、あゆなは、ぷい、と横を向いた。

「……いやだ」

「え？」

「私は、今の生活が気に入ってるから……『ミーツ会』から抜けたくない」

そして、前髪を右手でいじりながら、俺の方を横目で見た。

「『ミーツ会』はいいぞー。私をちやほやしてくれるし、お小遣いだってくれる。『いちゃらぶ学科』なんかより、ずっと過ごしやすい。だから、私はずっとこっちにいたい」

「…………」

「優真《ゆうま》……優真がどういうつもりで、私を引き留《と》めなかったとか、私は気にしない……むしろ、そっちの方が都合いいー。だから、このままにしてくれないかー？　それから、学校でもできるだけ、話しかけないようにしてくれると嬉《うれ》しい」

「あゆな……」

「じゃあ、元気でな……優真……鷹華《ようか》と、カナも」

そう言って、あゆなは俺の横を通り抜け、すたすたと歩き去ってしまった。

振り返ってその背中を見送り、俺はため息を吐《つ》く。隣の鷹華が、苦々しげにつぶやくのが耳に入った。

「あゆなの奴《やつ》、何考えてるの……いくら『ミーツ会』の居心地がいいからって、優真のことをこんな『ほんもけろろ』にするなんて、信じられないわ！」

「『けんもほろろ』だったと思うよ、鷹華ちゃん」

「う、うるさいわねぇ。日本語って難しいのよ」

ちなみに成績優秀な鷹華だが、国語だけは極端に低い。教育に一番大事な時期に日本を離れていたから、仕方ないといえば仕方ないが。しかし、お勉強があまりできないカナにまで指摘されるのは、かなりの屈辱だっただろう。正直同情する。

「……ちょっと優真、失礼なこと考えてないかな？」

「あ、いや、考えてませんよ、はい」

「ていうか、あんた、やけにけろっとしているわね。あゆなにあんな態度取られたのに、悔しくないの？」

腰に手を当てて、柳眉《りゅうび》を逆立てる鷹華の問いに、俺は鼻の頭をかいた。

鷹華の言葉は正鵠《せいこく》を射ていて、俺はあゆなの態度に腹を立てておらず、代わりにある考えに囚《とら》われていたのだ。

その考えをしばし整理した後、俺は二人の幼なじみに尋《たず》ねた。

「……なぁ、人を大切にすることがエゴだっていうなら、どこまでそれが許されるかな」

「え？」

「例えば、こんなことをしたいんだけど……」

俺は声をひそめて、まとめた考えを告げる。

「「ええ!?」」

二人の驚いた声が、重なって空へと響いた。

○

それから数日は、俺たちはあゆなに接することなく、学園生活を送っていた。

俺たちとあゆなが距離を取っていることは、端《はた》からも丸わかりのようで、同じ『いちゃらぶ学科』の級友たちは心配そうに俺たちに尋《たず》ねてきた。

「ちょっと、大丈夫なのあなたたち？」

「御影《みかげ》さんとずっと距離を置いてるけど、何か問題でもあったの？」

「喧嘩《けんか》したなら、相談に乗ろうか？」

そのたびに俺たちは「大丈夫」と手を振り、何事もないように笑った。

だが、その胸中は大丈夫でも何でもなく、ある決意のために緊張していたのだが。

そして某日。その決意を実行に移す時が、ついに来たのだった――。

[side：another]
あゆなは小さくため息を吐《つ》いて、慌てて周囲を見回した。
一人とはいえ、学校の中だ。優真《ゆうま》や鷹華《ようか》、カナが見ていないとも限らない。彼らとはなるべく、関わりたくはなかった。
幸い見つかることもなかったので、安堵《あんど》の息を吐く。が、それは途中から、再び嘆息へと変わった。あゆなは学校の壁にもたれ、胸の膨《ふく》らみを上下させて呼吸を整えた。

「……思ったよりしんどいー」

その感想は『ミーツ会』への活動に対してのものだった。

最初は、ただゲストとして時折会合に顔を出す他は、適当にお小遣いをもらってその辺をうろうろしているだけでよかった彼女だったが、最近ではその事情が変わってきた。

『諸君、我々は御影あゆな嬢にさらなる信頼を抱いた証《あかし》として、我ら「ミーツ会」の活動により深く参加してもらいたいと思う！』

いきなり首領《しゅりょう》がそんなことを言いだしたのだ。あゆなは何となく嫌な予感を覚えて「えっ？」とヒキガエルのような声を上げた。

そしてその予感は的中し、彼女は『ミーツ会』での合コンに参加するように命じられた。

その大人っぽい響きに、優真やカナなんかは憧《あこが》れていたようだが、あゆなにとってはそれは煩わしい行事以外の何物でもなかった。元々あゆなは、あまり他人との交流を好まない。だから、出席を命じられた時も慌てて首領に不服を告げようとした。

『え、えっと、でも……』

『顔合わせだ、別に彼氏を作れとは言わん。顔だけ出してくれたまえ。幼なじみカップルの代表がいるという事実が、構成員の士気を上げるからな。これは首領としての命令だ』

強い態度でそう言われたので、この話をこじらせると『ミーツ会』から小遣いももらえなくなると考えたあゆなは、仕方なくその合コンに参加することにした。

近所のレストランを貸し切りにし、構成員が顔を合わせる——といっても大半がやはりフードを被《かぶ》ったままなので、この行為に意味があるのか疑問なのだが。

それでもそれなりにカップルは生まれているらしく、フードを被ったもの、被ってないもの、またその両者の組み合わせが、いくつか寄《よ》り添《そ》い合っていた。年齢層も様々で、高校生だけでなく社会人や大学生、何と中学生なんかもいる。

だが、自分から異性どころか、他人に話しかけるのはあゆなとしてはあまり得意ではない。そもそも、ここで恋人を作るつもりもないのだ。そのために彼女はぽつんと孤立していたのだが、その顔には薄くメイクがしてあり、髪も丁寧に整えられていたため、素材がいい彼女はすぐに男たちに群がられるはめになった。

『へー、幼なじみカップルの代表、意外と可愛《かわい》いじゃん。どう、俺と付き合わない？』

『いやいや、僕と付き合ってよ。今フリーだから、とても大切にするよ』

『そんな軽いノリの言葉、信用できるかよ。その点、俺は誰にだって誠実だぜ。どう、付き合わない？』

『お、おじさんと交際してくれたら、フードの下見せてあげるよ。結構有名人なんだよ〜』

とても信頼できそうにない軽い男たちがぐいぐい攻めてくる上に、最後の中年男性はいやらしい手つきで体に触れてきた。あゆなはフードの下を素早く確認し、その有名人の素《す》性《よう》を把握《はあく》だけすると、いずれ強請《ゆす》りのネタに使おうと固く誓いつつ丁重《ていちょう》にお断りを入れた。

また、このようなナンパだけでなく、周囲では『幼なじみカップル』を破滅させた報告会も行われ、「誰と誰をデート中に喧嘩《けんか》させて別れさせた」だの、「付き合ってる男の方を私が奪ってやった」だの、益体《やくたい》もない話が武勇伝のように飛び交っていて、このこともあゆなを疲れさせた。

いや、聞いているだけならいい。いずれ自分もこんな作戦に参加させられるのでは、と考えると、疲れが倍増しになってくる。

（……優真《ゆうま》のもとに帰った方が良かったかなー）

そう考えて、ふと彼女は首を横に振った。

あれは、自分で決めたこと、なのだから。

彼女は息を整えると、壁から離れて校内を歩き、昇降口を出て校門をくぐった。

そして、数分後。住宅街近くで人気《ひとけ》が少なく、歩道もない道路を歩いていると――ふと、後ろから何かのエンジン音が聞こえてくる。

車だ、道を開けないと。あゆなはそう思って道路の隅《すみ》に寄り、振り返った。迫り来る銀色のワゴンが見える。と、それはいきなり彼女の横でブレーキをかけた。

――次の瞬間、ドアが開かれ、車内からのびた腕があゆなを絡め取っていく！

「えっ……むぅううう!?」

叫《さけ》び声を上げようとしたが口もふさがれ、彼女はもがきながらワゴン車の中に収納されると、そのまま連れ去られてしまった。

[side：another end]

○

防弾チョッキを着た男たちが、サンドバッグくらいの大きさの袋を担ぎ上げて運んでくるのを、俺と鷹華《ようか》、カナは、廃工場の中にある瓦礫《がれき》の側《そば》で見ていた。

「あれか……」

「……うん」

緊張した面持《おもも》ちで、その袋を見る。中には人が入っているはずなのだが、ぐったりして動かない。

そのうち鷹華がつかつかと歩き出すと、先頭を歩く男に告げた。

「首尾は？」

「任務遂行しました……が、できればこんな任務はこれきりにして欲しいですね、お嬢さま。私たちの信用どころか、社会的立場が危うくなります」

「ごめん、本当にごめん！　二度としないって約束するから！　ありがとう！」

両手を合わせてウィンクしてみせる鷹華に、しょうがないなと肩をすくめると、男たち――伊集院《いじゅういん》家専属の特殊警備隊は、撤収《てっしゅう》していった。

ワゴン車がエンジン音を立てて走り去り、工場の中には彼らが残していった袋だけが置き去りにしてある。

「よし、開けるぞ……？」

俺は二人がうなずくのを見届けてから、慎重にその袋の口を開いた。

次の瞬間、大人しかったはずの袋が突然活発に動いた。中から一つの影が飛び出し、俺たちに襲いかかる！

「こらー！　一体どういうつもりだー！」

「う、うわぁっ、怒ってる!?」

「当然だろー！　何でいきなり人を捕まえて、こんなところに運んできたー！　ワゴンの中であの人たちに、鷹華の指図だと聞いて安心はしたけど、そうじゃなかったら誘拐されたかと思って泣くところだったんだぞー！」

袋の中の人物ははあゆなだった。目を三角にして、猿みたいに俺たちに飛びかかってくる。カナが髪を引っ張られ、「痛い、痛いよあゆなちゃん！」と涙目に叫んだ。

「ちょっと、あゆな！　一旦《いったん》ストップして！　事情があるから聞いてちょうだい！」

「聞かない！　この怒りは、ちょっとやそっとじゃ収まらないのだー！」

「この間欲しがっていた、アニメのＢＤ－ＢＯＸ買ってあげるから！」

「……用件を聞こうか」

すっ、と動きを止めて、何事もなかったかのように身だしなみを整えるあゆな。こいつ、本当に己の欲望に忠実だな、と思わず感心してしまう。

だが、それだけがあゆなのすべてではない。少なくとも俺はそう思っていて、それを伝えるために彼女をここに連れてきたのだ。

「あのな、あゆな。鷹華《ようか》の言った通り、お前を強引に連れてきたのには事情がある。お前とじっくり話をしたかったんだ」

「……話ー？」

「前に言っただろう、『ミーツ会』から抜けて欲しいって……」

「それかー……それなら言ったじゃないかー。私は抜けるつもりはないって。何度言われても、返事は変えないからなー」

あゆなはそう言って髪から手を離すと、「じゃ」と立ち去ろうとした。

俺は慌てず、ゆっくりと喋《しゃべ》る。

「そう、つれなくするなよ。もう少し話を聞いてくれないか？」

「イヤだ。何回も同じことを話すのは、時間のムダだー」

「ちなみにな、この廃工場、町から徒歩で二時間はかかる山奥にある。後で鷹華の家が車を回してくれる予定だが……歩くとなると、ちょっときついぞ？」

「うっ……」

ものぐさ娘にこれは効いたようだ。渋々といった具合に立ち止まり、俺の方を見る。

「話聞いたら、車乗せてくれるんだなー？」

「ああ。ただしその前にまず、お前の本心を確認してからだけどな」

「本心……？」

その言葉に、眉《まゆ》をよせるあゆな。俺はうなずいて、言葉を続けた。

「そうだ。お前、この前言ったよな。自分は『ミーツ会』にいたいんだって。放っておいてほしいって。でも、それはお前の本心じゃない。そうだろう？」

「な、何言ってるんだー……あれは、心からの言葉で」

「いい、それだよ」

俺はそう言って、ゆっくりと指をさした。

あゆなの顔を――その顔にかかっている、前髪をいじる指を。

「あの時もお前はそうやって、前髪をいじっていた。――ところで、小さい時から何かと俺に甘えてたお前だけど、時々妙なところで遠慮してたことがあったよな。友達に遊びに誘われている時とか、塾に行かされてる時とか、俺が忙しそうにしていると『自分のことはいい』って言ってた。そしてそういう時は同じように、前髪をいじっていたんだよ」

「えっ……」

「自分でも気づかなかっただろう。でも、明確なお前の――心にもないことを言う時の――癖なんだ。だから、俺はあの時お前が本心から『ミーツ会』にいたいわけじゃないって、そう思ったんだ」

なら、どうしてそんな嘘《うそ》をつくのか。俺はその理由を、どうしても問いただしたかった。だけど、あゆなは割と頑《かたく》ななところがある。話をしようとしても逃げ出すかもしれない。だから俺は今回の強硬策――『あゆな誘拐作戦』に出た。

実際これは、犯罪スレスレ――というか、あゆなが訴《うった》えたら俺たちは捕まるレベル――の作戦だ。が、俺はどうしてもあゆなの気持ちを知りたかったのだ。

「もしお前が本心から『ミーツ会』にいたいなら諦《あきら》める。でも、そうじゃないなら俺はお前に戻ってきてほしいんだ……だから、何よりもまずお前の本音を確かめたい。あゆな、お前は本当に『ミーツ会』にいたいのか？　それともいたくないのか？」

「……………」

「もし、『ミーツ会』にいたくないとするなら、どうして俺たちを遠ざけようとするんだ？　それとも、『ミーツ会』にいたいというのは本音でなくても、俺たちと一緒にいたくないというのは本音なのか？　俺たち、そんなにお前のことを傷つけていたのか？」

「……………」

「俺は真実を知りたい。お前の本当の気持ちを。頼む、教えてくれ、あゆな！」

俺は、心からの願いを言葉に乗せ――そして、あゆなを見つめた。

だが、あゆなは俺の問いに何も答えず、ただ、黙ってうつむくだけだった。

それでも、俺はなおも彼女の真意を問いただすべく、口を開こうとした。

が、その前に、カナと鷹華《ようか》が一歩踏み出した。

「ねぇ、あゆなちゃん。戻ってきてほしいのは優真《ゆうま》だけじゃないんだよ……」

「え……？」

「わたしもできればあゆなちゃんと、ずっと友達でいたいんだよ……少なくとも、教室で会ってもおしゃべりもできないなんてイヤだよ……だから、戻ってきてくれないかな」

「まぁ、あたしはどっちでもいいんだけどね。でも……あんたがいなかったら、優真も寂しいと思うし。それはあんたも、本意じゃないんでしょ」

「…………それは」

その言葉に、少し心が開いたのか、あゆなは何かを言いかけた。胸元で手を握り、目はせわしなく俺たちを交互に見ている。

もう一押しだ。俺は心をこめて、最後の言葉を放った。

「あゆな、俺たちはしょせん自分のできる範囲でしか他人を大切にできない。だから、何でも言ってくれとは言えない。だけど、できる範囲でなら全力でお前を大切にするよ。だから、もう一度戻ってきてくれないか。お前の期待に沿えるように、頑張るからさ」

これでもしも何も語ってくれなければ、その時は諦《あきら》めるしかない。

だが、あゆなはゆっくりと口を開くと――やがて声を小さく絞り出した。

「ダメだ……」

「え……」

俺は落胆しかかった。彼女は結局、俺たちのもとに戻るのを拒むのか。

しかし、あゆなは顔を上げると、意外なものを見せた。目元に浮かぶ涙《なみだ》だった。それは頰《ほお》を流れ、ぽつりと落ちてコンクリートの床を叩《たた》いた。

「ダメだ……優真《ゆうま》。私に、優しくしないで……私にそんな資格、ないんだから……」

「資格、だって？」

「そうだ……優真の言う通り、私は『ミーツ会』にいたくなんかない……最初はちょっといいかなって思ったけど、すぐに楽しくなくなった……結局、あそこは私に合わないんだ。私は優真たちと一緒にいる方がいい……皆《みんな》のもとに戻りたい……そう思うようになった」

「だったら、戻ってこいよ！」

俺は叫《さけ》び、鷹華《ようか》とカナもうなずいた。しかし、あゆなはゆっくりと首を横に振る。

「……ダメなんだ、優真。それでも、最初に手を放したのは私なんだ……！」

「え……？」

「さくらに誘われた時、私言ったよな……『ベストカップル』に選ばれる確率が低いなら、『ミーツ会』の条件を飲んだ方が早いって……あれは、本音だったんだよ……」

「…………！」

「だって、優真が鷹華やカナじゃなくて、私を選んでくれるっていう保証はないんだ……確実に楽できる方に、逃げた方がいいに決まってるじゃないか……だから、私は優真たちを捨てるのを、ベストの選択って思ったんだ……その方が楽だと思って。あの時、皆から離れたのは、間違いなく私の本心だったんだ……」

その言葉に、俺は息を呑《の》んだ。そうだ、思い返してみれば、確かにあゆなが前髪をいじっていたのは「戻りたくない」と言った時だけだった。さくらの提案に乗り、俺たちに背を向けたあゆなはそんなことしなかった。あれは偽《いつわ》らざるあゆなの本心だったんだ。

恐る恐る、カナが尋《たず》ねる。

「で、でも、今はそんなこと思ってるわけじゃないんだよね？」

「うん……皆と離れてやっとわかったから……私にとって楽なのは、一緒にいて楽しい人たちといることも含めてなんだって……隣に優真や、それに、鷹華、カナがいないと、私も楽じゃなかったんだ……『ミーツ会』の生活は楽だけど、楽じゃなかったんだ」

「なら、なおさら泣いてないで、こっちに戻ってくればいいじゃない！」

鷹華《ようか》の叫《さけ》び声に、あゆなはなおも首を横に振った。

「私は損得勘定だけで、皆《みんな》を捨てちゃったんだぞ……そんな私が、今さら戻りたいなんて、言えるわけないだろ……私は皆を裏切ったんだぞ。しかも、色々と、私のことを甘えさせてくれた皆のことを……だから、私は決めたんだ。もうここに戻らないって……そんな資格、私にはないって……」

後は言葉にならなかった。あゆなはしゃくり上げながら膝《ひざ》をついて、嗚咽《おえつ》を漏《も》らした。

俺はようやく理解した。あゆなが俺たちを避けていた理由は、自分のしたことに罪悪感を抱いたからなのだと。きっと、許されないことをしたと思ったのだろう。だから、自分に罰を与えるために、彼女は俺たちを自分から遠ざけようとした。

甘えたがりなあゆなだが、それゆえに他人の顔色を人一倍気にするところがあると俺は思う。下手なことをして捨てられるのが怖いのだろう。小学校の時、いざという時に俺に対しては遠慮していたのが、その証拠だ。

だから、彼女の気持ちもわからなくはなかったが――――俺はあゆなに近づき、頭をかきながらつぶやいた。

「あのな、あゆな……一つ言っておきたいことがある」

「う、ううっ……何……？」

「えっとな……お前、俺たちのこと買いかぶりすぎ」

「へ……？」

それは、予想外の言葉だったのだろう。驚いた顔で涙を止め、目をぱちくりとさせるあゆなに、俺は肩をすくめてみせた。

「さっきも言っただろ、俺たちは、自分のできる範囲でしか他人を大切にできない。それはエゴに従ってるからなんだ。大切にしたくない人まで大切にできるほど、聖人君子にはなれないんだよ……だから、俺たちが散々こうやってお前に戻ってきてほしいって言ってるのは、単純にそれだけお前のことを大切にしたいと思ったからなんだ」

「私のことを……大切に……？」

唖然《あぜん》とつぶやくあゆな。そんな彼女に、鷹華とカナが、ゆっくりとうなずいた。

俺も首を縦に振り、言葉を続ける。

「それに、お前言ったよな。俺に優しくしないでくれって……でもな、俺ちっとも、お前に優しくした覚えはないぞ」

「……え？」

「俺はその方が都合がいいから、お前に戻ってきてくれと訴《うった》えてたんだ……覚えているか？　前に、本屋の前で言いかけたことを。それを、改めてここで言うよ」

そして、その場にひざまずき、目線をあゆなのものに合わせた。

「俺、お前が『ミーツ会』に入ることがお前のためになるって、だから引き留《と》めないって、自分に言い聞かせていた。でも、それは違ったんだな。その、恥ずかしい話だけど……俺、すねてたんだよ」

「すねてた……？」

「ああ、あっさりと『ミーツ会』に行ったお前に、すごく腹が立ったんだ。だからお前のことなんて放っておいてやるってヤケを起こした。だって、悔しいじゃないか。俺はお前のことを必要としてるのに、お前はあっさりと去って行ったんだから……」

「必要……優真《ゆうま》が、私を……？」

あゆなは目を瞬《またた》かせると、戸惑うようにつぶやいた。

「でも、私は、優真に甘えてばかりだぞ。何の役にも立ってないのに……必要なのか？」

「前に言っただろ。俺は、そういうところを含めてお前が好きなんだよ。小さい時から、俺を信じて必要としてくれるお前のおかげで、俺は自分に自信が持てるんだ。だから、俺はお前に傍《そば》にいてほしい……お前だけじゃない、鷹華《ようか》だってカナだってそうだ。俺にとって、皆《みんな》が好きで必要だから、俺は皆を大切にして……手放したくないんだ」

だから、俺はあゆなに手をのばした。

「だから頼む、戻ってきてくれ、あゆな。これは俺の望みだ。俺にはお前が……」

すべての言葉を言い終わる前に。

——突如、もの凄《すご》い勢いであゆなが抱きついてきた。

そのまま二人してひっくり返る。痛い。カナが「大丈夫!?」と悲鳴を上げる。

だが、あゆなは嬉《うれ》しそうな顔で、俺の胸の上から顔を覗《のぞ》き込《こ》んで叫《さけ》んだ。

「……いいんだな、優真ー？　私、優真と一緒にいていいんだなー!?　ずっと、ずっと一緒にいるぞー！　本当にいいんだな、優真ー!?」

「あ、ああ」

背中の痛みよりも、あゆなの涙が引いた嬉しさで、俺の胸は満たされていった。

そんな俺の瞳《ひとみ》の中で、「えへへ」とあゆなは顔をくしゃくしゃにしたまま笑う。

「……ありがとう、優真。私も優真のこと大好きー」

それはいつもの、どこか子供っぽく、そして魅力的な彼女の笑顔だった。

と、嘆息しながら、鷹華がその首根っこに手を伸ばした。

「こら、いつまでしがみついてるのよ。終わったんならさっさと起きて身支度しなさいよ。今から車呼ぶんだからね……優真も、いつまでもデレデレしてない！」

「い、いや待て、誰もデレデレなんてしてないぞ？」

「いーえ、してました！　本当にもう、何が『俺にとって、皆が好きで必要』よ……字面だけ見たら、ただの女たらしの言葉じゃないの、それ！」

「え、ええ……」

　これでも、色々と真剣に考えて言ったのに、その評価は酷《ひど》いな！

　上体を起こしながら俺が若干すねていると、くすり、と笑ってカナが囁《ささや》いてきた。

「気にしないで優真《ゆうま》。あれでも鷹華《ようか》ちゃん、好きとか必要とか言われたから喜んでるんだよ。耳まで赤いでしょう？」

「ちょっ、誰が喜んでるのよ！　適当なこと言わないで⁉」

「そんなことより、車まだかー？　そろそろ疲れてきたんだけどー。あ、できればジュースも持ってきてもらってー。喉渇《のどかわ》いたからー」

「あんたもあんたで、騒動の原因のくせに厚かましいこと言わない！　もう、うちに来たら何か飲ませてあげるから、少しくらい我慢しなさいよ！」

　そして鷹華は忙しくスマートフォンをスワイプし、あゆなはその足にしがみついて「わーい、鷹華も大好きー」と呑気《のんき》な声を上げ、カナは二人を見ながら微笑《ほほえ》む。

　皆《みんな》の表情は嬉《うれ》しそうで、やっぱり、この三人がそろっていないと締《し》まらないなと、俺は胸の中でつぶやいた。

　再び、寝転がって大の字になる。やっとすべてが元に戻ったという実感がわいてきた。

　俺はそれをかみしめながら、幼なじみたちの喧噪《けんそう》を耳に、車が迎えに来るのを待ち続けた。

終章

後日、あゆなは『ミーツ会』におもむき、脱会して『いちゃらぶ学科』に戻ることを正式に宣言した。

構成員も首領《しゅりょう》も、突然のことに驚き、そしてあゆなが抜けることを許そうとはしなかった。それはそうだろう。存在自体秘密の組織なのだし、『CFレベル』が高い幼なじみカップルの象徴になり得るあゆなを、『いちゃらぶ学科』に戻すわけにはいかないからだ。

『そんな勝手なことをするのなら、今ここで実力行使に出るぞ！』

そんな脅迫《きょうはく》すら受けたらしい。

それをかわして彼女が俺たちのもとに戻って来れたのは、ひとえに運が良かったとしか言いようがなかった。


「もしくは、日頃の行いだなー」

うんうん、とうなずきながら、あゆなは俺の背にもたれかかった。

「どちらにしろ、合コンで私を触ってきた男が市議会議員だったなんて、本当に運が良かったー。おかげでこっちは、取引する材料を得たわけだー」

「お前、それ、取引というか脅迫じゃないか」

俺は呆《あき》れたように言葉を返す。

あゆなは偶然素性《すじよう》を把握《はあく》した市議会議員について喋《しやべ》り、『ミーツ会』に荷担している事実を色々なところにタレこんでやると首領を脅《おど》したのだ。

『ミーツ会』の活動は、金持ちである首領の財力で支えているが、それ以外にも構成員となっている名家、権力者の支持も必要不可欠らしい。少なくとも、『ミーツ会』の活動を観察した結果、あゆなはそう判断した。

事実、首領は「ぐっ」と言葉に詰まり、渋々あゆなの脱会を認めたのだった。件《くだん》の市議会議員は、彼にとっても相当必要なコネクションだったようだ。

「ただし、こちらにも条件を課せられたけどなー。『ミーツ会』の活動内容は誰にも言わないこと。私たちを再度スカウトするかもしれないから、覚悟しておくこと、だってー」

「……俺たちのこと、諦《あきら》めてないのか。よっぽど『学園』代表のカップルとして存在してほしくないんだな。こりゃ、当分気をつけた方がいいか」

俺が苦笑すると、ふとあゆなが背中に顔をすりつけて言った。

「でもまぁ、いざとなったら優真《ゆうま》が守ってくれるだろー？　ずっと一緒にいてくれるって言ったもの。私、信じてるからなー」

「信頼してくれるのは嬉《うれ》しいが……お前、何だか前よりいっそうベタベタしてないか？」

「気のせい、気のせいー」

そう言って笑うあゆなの声は、しかし子供みたいに弾んでいて、俺に心底甘えようという意志を隠してもいなかった。うーん、本心とはいえ、説得する時に「期待に全力で応《こた》える」なんて言っちゃったから、調子に乗らせてしまったんだろうか。

と、俺たちの隣から、ぶすっとした声が聞こえる。

「はいはい、いちゃいちゃするのは勝手だけど、ほどほどにしてくれないかしら」

「い、いちゃいちゃなんてしてねぇよ。なぁ、あゆな？」

「どうかなー」

「いや、頼むからそこは否定してくれよ！」

そうでないと、何となく声の主――鷹華《ようか》の目線が、鋭さを増して刺さってくる気がする。

だが、俺の危惧《きぐ》をよそに、鷹華は「はぁ」とため息を吐《つ》くと、両手を腰に当てて俺の顔を覗《のぞ》き込《こ》んでくる。

「とにかく、あたしたちは『いちゃらぶ学科』で遅れていたぶんを取り戻さないといけないのよ。いい加減本題に戻ってくれない？」

「あゆなちゃんも。優真《ゆうま》困ってるんだし、離れた方がいいんじゃないかな。このままじゃ会議進められないしね」

隣のカナも、あゆなをたしなめた。あゆなはやれやれとため息を吐くと、

「わかった……後一〇分なー」

「ちっともわかってないじゃない！」

鷹華の、がおん、という吠《ほ》え声《ごえ》に、「きゃー」と棒読みで悲鳴を上げた。

現在、俺たちはいつも通り教室で『いちゃらぶ学科』の会議中だった。

あゆなが抜けていた期間中はレポートどころかデートもしていないし、何より鷹華とのデートを早くプランニングしないといけない。また、学園長が企画した『発表会』のことも気にかかる。議論すべき課題はいくらでもあった。

だから、いつまでも『ミーツ会』のことを話しているわけにもいかないのだが――ふと、気になって俺はあゆなに尋《たず》ねた。

「ところで、さくらは何か言ってたのか？　お前が抜けることに関して」

「……うん？　そうだなー、『残念だ』って言ってた。でも、別に怒ったりはしてなかったぞー。むしろ、こうなることを予測していたみたいだったー」

「そうか……」

「何よ、優真。あの女のことが気になるの？」

たぶんこの中で、さくらに対して一番敵愾心《てきがいしん》を抱いているであろう、鷹華が歯をむき出しにして脅《おど》すように尋ねてくる。

だが、俺は冷静にかぶりを振った。

「いや、そういうわけじゃないさ。ただ、俺があゆなのことを取り戻そうと思う、きっかけを与えてくれたのも確かだからさ。もう一度会うことがあれば、礼を言おうと思って」

その言葉に、カナもおっとりと手を合わせてうなずく。

「うん。そうだね。その方がいいと思うよ。ついでに、『ミーツ会』なんて組織からも、足を洗ってくれればいいのにね」

「そうだな……でも、それは結局個人の自由だ。俺はそれを曲げてまで大切にしたいほど、彼女とは親しくないからな。お前たちと違って」

俺がそう言うと、ふと、幼なじみ三人は顔を見合わせた。気のせいか、頬《ほお》が赤い。

少ししてから、鷹華《ようか》が咳払《せきばら》いをして言う。

「おほん。あのね、優真《ゆうま》。これはあたしたちからのお願いなんだけど……」

「何だよ？」

「……その、今後はむやみに『大切』とか『必要』とか言わないでくれる？『いちゃらぶ学科』でカップルとして行動している間は、特に」

「えっ、何でだよ？　俺がお前らのこと大切なのも、必要なのも、本心なんだぞ」

「わかってるわよ！　わかってるけど、その、何か違う意味に取れちゃうもの……」

「女の子には、デリケートな部分があるんだよ、優真」

どこかたしなめるように、それでいてはにかむように、カナが言葉を続けた。

　と、あゆなが俺の背から離れ、前に回ってきて顔を覗《のぞ》き込《こ》んできた。

「なー、優真。私は別に構わないぞー。私のこと、大切とか必要とか言ってくれても……ただし、条件があるけどなー」

「条件？」

「言った言葉には責任持ってもらうぞー。私のこと、ずっと大切にして、ずっと必要としてほしい……その、できれば一生……」

　最後は消え入るような声を出し、あゆなは珍しくもじもじと照れるように指を組み合わせた。さすがに図々《ずうずう》しい願いだと思ったんだろうか。

　ふと、ぽかんと口を開いてこちらを見ていた鷹華が、大きな声を上げる。

「ちょ、ちょちょちょ、ちょっとあゆな！　そ、それ、どういう意味!?」

「どういう意味も何もー。言葉通りだぞー。私は優真に、一生大切にしてほしいんだー」

「そ、それって……あんた、まさか……」

　顔色をなくしていく鷹華。何だ、何がそんなにショックだったんだ？

　と、カナが腕を組んでぷくーと頬を膨《ふく》らませる。

「一生を約束させるなんて、ちょっとあつかましいんじゃないかな、あゆなちゃん。それに、優真のことはわたしが弟として一生大切にする予定なんだよ？」

「そんな予定、俺にはねぇよ!?」

俺は叫《さけ》んでから、呆《あき》れたように鷹華《ようか》とカナを見る。

「二人とも、何か勘違いしていないか？　あゆなは、そんなに大した意味で今の言葉を言ったんじゃないと思うぞ。『一生大切に』っていうのも、ただ『ずっと変わらず友達でいよう』くらいのニュアンスで、それ以上の意味はきっとないだだだだっ？」

急に痛みを覚えて、俺は前に振り向き直った。なぜかあゆなが白い目でこちらを見ながら、頬《ほお》をつねってくる。

「はー……本当に鈍い……鷹華の気持ちがわかってきた気がするー」

「え、鈍いって何が？」

「ちょっと、あたしは関係ないでしょ。何、いきなり同情するような目で見てきてるのよ！」

「まぁ二人とも落ち着いて。そうだ、わたしクッキー焼いてきたから皆《みんな》で食べよう。ね？」

「いや、呑気《のんき》にお茶なんてしている暇ないんだけどなぁ……」

そして、この日。結局俺たちは賑《にぎ》やかに騒ぎ立てるだけ騒ぎ立てて、会議はほとんど進まず――――俺と幼なじみたちの『いちゃらぶ学科』での活動は、楽しくも前途多難の様相を見せるのだった。

あとがき

どうも、番棚葵《ばんだなあおい》です。今回は皆さまに『私立幼なじみ学園　いちゃらぶ学科で恋愛チャレンジ！』をお届けに参りました！

タイトルからもわかる通り、本作は学園ラブコメもの。幼なじみたちの恋愛によるドキドキをお伝えしようというのがテーマなのですが、実は番棚もかなりドキドキしています。それというのも番棚は作品を作る時は、大まかに最後どうなって終わるのかを決めるのですが、今回に限ってはまったくのノープラン！　鷹華、あゆな、カナの三人のヒロインのうち、誰が最終的に優真《ゆうま》とくっつくのかすら決めてない状況です。

そういうわけでライブ感たっぷりの展開になりそうですが、作者と一緒に彼らの恋の行方《ゆくえ》をドキドキと見守っていただければと思います。

今回、素敵なイラストを描いていただいた竹花《たけはな》ノートさま、並びに編集の皆さま。そして何より本書を手にとってくださった読者の皆さまに、厚くお礼を申し上げます！

それでは次回、お会いしましょう。

番棚葵

MF文庫J

私立幼なじみ学園
いちゃらぶ学科で恋愛チャレンジ!

2018年10月25日 初版第一刷発行

著者 番棚葵
発行者 三坂泰二
発行 株式会社 KADOKAWA
〒102-8177 東京都千代田区富士見2-13-3
0570-002-001（ナビダイヤル）

印刷・製本 株式会社廣済堂

Printed in Japan ISBN 978-4-04-065244-3 C0193

【 ファンレター、作品のご感想をお待ちしています 】
〒102-0071 東京都千代田区富士見2-13-12
株式会社KADOKAWA MF文庫J編集部気付「番棚葵先生」係「竹花ノート先生」係